ব্যবসা করা সহজ (না)

শুভাশীষ চক্রবর্তী

Made with ♥ on the Notion Press Platform
www.notionpress.com

ব্যবসা করা সহজ (না) এটি আমার প্রথম বই | বইটি আমি আমার বাবা এবং মা কে উৎসর্গ করলাম

ব্যবসা করা সহজ (না)

বিষয়বস্তু

অনুক্রমণী

www.notionpress.com 2022 First Edition

ভূমিকা

নমস্কার , আমি শুভাশীষ চক্রবর্তী | ব্যবসা করা সহজ (না) বইটি আমার প্রথম বই| অনেক যত্ন, সময় আর ধৈর্য্য নিয়ে শেষ একবছর ধরে ধীরে ধীরে অনেক তথ্য জোগাড় করে বইটি লেখা হয়েছে। বইটি তথাকথিত বই এর আকারে লেখা নয়, বরং কিছুটা সিনেমার স্ক্রিপ্ট এর আকারে লেখা এবং তার পেছনে একটি গুরুত্বপূর্ণ কারণ আছে। আমি প্রাথমিক ভাবে একজন ফ্লিমমেকার, বরাবরই সিনেমা আমার প্রথম ভালোবাসার জায়গা। বই লিখবো কখনো এরকম ইচ্ছে ছিলো না। এই বইয়ের গল্পটি প্রথম মাথায় আসে TVF এর অত্যন্ত জনপ্রিয় একটি ওয়েবসিরিজ "pitchers" দেখার সময়, এবং আমার গল্পটিও প্রাথমিকভাবে ওই ওয়েবসিরিজটির গল্প থেকে অনুপ্রাণিত। তারপর যখন গল্প টা কে খাতায় কলমে লেখা শুরু করি তখন মাথায় ছিল এই গল্পটির ওপর একটি বাংলা ওয়েবসিরিজ তৈরী করবো লেখা শেষ হওয়ার পর। তাই গল্প শেষ হওয়ার পরে প্রথমেই তার ওপর ভিত্তি করে একটি চিত্রনাট্য তৈরী করি। কিন্তু পরবর্তীতে কিছু ব্যক্তিগত কারণে সিরিজটি নির্মাণ থেকে সরে আসতে হয় সাময়িকভাবে, তাই সেই চিত্রনাট্যটিকেই বই এর আকারে প্রকাশ করার সিদ্ধান্ত নি।

তাই আপনারা বইটি পড়ার সময়তেই লক্ষ্য করবেন, গল্পটি একটি সিনেমার চিত্রনাট্যর আকারে লেখা, অর্থাৎ চিত্রনাট্যতে যেমন ক্যামেরা মুভমেন্ট, শট এর অ্যাঙ্গেল, ফ্রেম এর পজিশন, লাইট,বাহ্যিক শব্দ ও আবহ সংগীতের উল্লেখ থাকে এই গল্পের মধ্যেও তার উল্লেখ আছে।

এবার গল্পের ব্যাপারে খুব ছোট করে একটু বলে নেওয়া যাক ; গল্পের তিনটি প্রধান চরিত্র ; রামিজ,রমেন ও ইন্দ্রনীল | তিনটে সম্পূর্ণ ভিন্ন socio-economic ব্যাকগ্রাউন্ড থেকে আসা তিন বন্ধু রমেন, ইন্দ্রনীল ও রামিজ কলেজের ক্যাম্পাসিং এ চাকরি না পেয়ে শেষে সিদ্ধান্ত নেয় তারা ব্যবসা করবে, নিজেদের স্টার্টআপ করবে | প্রথমে ভয় পাই তারা, পিছিয়ে আসে, কিন্তু আবার সাহস নিয়ে উঠে দাড়ায়, এগিয়ে যায় আর নিজেদের কোম্পানি তৈরী করে তারা | তাদের এই শুন্য থেকে শুরু করে স্টার্টআপ তৈরির জার্নির গল্প আমার বইতে তুলে ধরার চেষ্টা করেছি |

বইটিতে বেশ কিছু ব্যবসা সংক্রান্ত টেকনিক্যাল শব্দ ব্যবহার করা হয়েছে সেগুলি বিভিন্ন বই এবং অভিজ্ঞ বিশেষজ্ঞ ব্যক্তিদের পরামর্শ নিয়ে

যতটা সম্ভব ত্রুটি মুক্ত ভাবে লেখার চেষ্টা করা হয়েছে। তারপরেও কোনো রকম ভুল ত্রুটি রয়ে গেলে মার্জনা করবেন এবং আমাকে ইমেইল করে জানাতে পারেন। আমার ইমেল আইডি - csubhasish97@gmail.com

আরো একটা বিষয় ,বইটিতে বেশ কিছু গালাগালি পূর্ণ শব্দের ব্যবহার করা হয়েছে, সেটি সম্পূর্ণ গল্পের চরিত্ররে তাগিদে। কেউ ব্যক্তিগত ভাবে সেটিকে নেবেন না আমার অনুরোধ | কোনো জীবিত বা মৃত ব্যক্তির সঙ্গে কাহিনীর কোনো সাদৃশ্য নেই, থাকলে তা একান্ত কাকতালীয় |

বই এর নামে 'না' শব্দটি ফার্স্ট ব্রাকেট এর মধ্যে রাখা হয়েছে কারণ আমার গল্পের মূল ভিত্তি হলো কিভাবে রমেন, রামিজ আর ইন্দ্র সব না এর বিপক্ষে গিয়ে সেগুলোকে হ্যা তে পরিনত করে তারা প্রমান করে "ব্যবসা করা সহজ"

বইটি পড়ে কোনো বাঙালি ছেলে যদি নিজের ব্যবসা শুরু করার সাহস দেখায় আর 'বাঙালির দ্বারা ব্যবসা হবেনা' এই ধারণা কে ভুল প্রমান করতে পারে , তাহলে আমার এতদিনের পরিশ্রম যথার্থ সার্থকতা পাবে |

বেশ কিছু ইংরেজি শব্দের ব্যবহার করা হয়েছ গল্পে , মূলত সংলাপের ক্ষেত্রে। সেটি ইচ্ছেপূর্বক রাখা হয়েছে কারণ গল্পের চরিত্র গুলি এবং মূল ঘটনার প্রেক্ষাপট সবটাই দক্ষিণ কলকাতায় এবং গল্পের প্রধান চরিত্ররা সবাই সেখানকার একটি কলেজে পড়াশুনো করেছে। তাই তাঁদের বাংলা কথার মধ্যে ঘন ঘন ইংরেজি শব্দের প্রয়োগ খুবই স্বাভাবিক এবং বাস্তব সম্মত। কিছু জায়গায় কথোপকথন এ ইংরেজি সংলাপ ইংরেজি হরফেই রাখা হয়েছে যাতে পাঠকের বুঝত এবং পড়তে সুবিধে হয়। আসুন , এবার খোলা মনে গল্প পড়ার আনন্দে গল্পের মূল পর্বে প্রবেশ করা যাক |

স্বীকার

এই বইটির গল্প এবং তার সব চরিত্র আমার লেখা হলেও গল্পটিকে বই এর আকারে প্রকাশ করার জন্য বেশ কিছু মানুষ প্রভূতভাবে আমাকে সাহায্য করেছেন | তার মধ্যে প্রথম যার কথা বলতে হয় তিনি রামিজ আহমেদ | রামিজ সম্পূর্ণ গল্পে বেশ কিছু গুরুত্বপূর্ণ তথ্য যোগান দেওয়া থেকে শুরু করে গল্পের যে অংশগুলি অপেক্ষাকৃত দুর্বল ছিল, তার পুনর্গঠনে সাহায্য করেছেন এবং দ্বিতীয় যাকে ধন্যবাদ না জানালেই নয় তিনি দেবস্মিতা চক্রবর্তী | দেবস্মিতা পুরো বইটির সম্পাদনা করেছেন এবং বানান ও যতিচিহ্নের সংশোধন এ গুরুত্বপূর্ণ ভূমিকা পালন করেছেন | আর একটি বিষয় উল্লেখযোগ্য , আমার বই এর প্রতিটা চ্যাপ্টার এর নাম আমার অত্যন্ত প্রিয় কিছু গান এর লাইন থেকে নেওয়া | প্রথমটি ইন্দ্রাদীপ দাশগুপ্তের "আমার তো গল্প বল কাজ" , দ্বিতীয়টি দেবদ্বীপ মুখার্জীর "এই একতারা টার সুরগুলো", তৃতীয় পুলক বানার্জির "ছোট্ট ছোট্ট পায়ে" , চতুর্থ অনুপম রায়ের "কতবার তোর আয়না ভেঙ্গেচুরে" এবং পঞ্চম ইন্দ্রাদীপ দাশগুপ্তের "মায়ার জীবন বন্ধু' থেকে নেওয়া| এঁদের সবাইকে আমার সশ্রদ্ধ প্রনাম জানাই |

1

আমার তো গল্প বলা কাজ

সাউথ সিটির ঝাঁ চকচকে এক পাবে মার্চ এর সন্ধ্যে | চুলে আজব রকমের ঢেউ খেলানো, কানে আর ঠোঁটে দুল পরা , সারা শরীরে রংচঙে উল্কি করা এক D.J কার্ডি. বি-র একটা গানের রিমিক্স বাজাচ্ছে | হয়ত কোনো ইনস্টিটিউট থেকে ট্রেনিং বা ইন্টার্নশীপ এ এসেছে ছেলেটা, বাজানোর ধরন শুনেই বোঝা যাচ্ছে হাত সেরকম পাকা নয়| মাঝে মাঝেই গানের ছন্দপতন ঘটছে|

প্রথম প্রথম লোকেরা ধৈর্য্য নিয়ে শুনলেও আসতে আসতে সন্ধ্যে বাড়ার সাথে সাথে নেশা যখন চরে, তখন ছেলেটা আর ছেলেটার গানটা দুটোই বেশ সুন্দরভাবে ইগনোর করে যাচ্ছে সবাই |

একেকটা টেবিল এ এক এক অবতার বসে আছে যেন ;

এক টেবিল এ দুই মারোয়ারি বন্ধু কাম বিসনেস পার্টনার সম্ভবত নিজেদের মধ্যে আগের মাসের সেলস ফিগার নিয়ে আলোচনা করছে | পাশের টেবিল এ নতুন রিলেশনশিপ এ যাওয়া দুটো কলেজের ছেলেমেয়ে বসে আছে | ছেলেটা মেয়েটার দিকে হা করে তাকিয়ে আছে ক্যাবলার মত আর মাঝেমধ্যে টেবিল এর ওপর রাখা মেয়েটার হাতের ওপর হাত রাখছে আবার সলজ্জভাবে সরিয়ে নিচ্ছে| মেয়েটা একটা ঝলমলে ওয়ানপিস পরে এসেছে, মাঝে মাঝে নাচের ভঙ্গিতে বয় ফ্রেন্ড এর গায়ে ঢলে পরছে, চশমা টা কখনো নাকের ওপর থেকে নেমে যাচ্ছে তার, লাজুক হেসে আবার তুলে নিচে সেটাক আগের

জায়গায় | পাশের টেবিল এ ছেলেটার সাথে তার গার্লফ্রেন্ড এর ঝগড়া হচ্ছে, তুমুল ঝগড়া, ছেলেটা হুক্কার ধোয়া ছাড়তে ছাড়তে কিছু একটা বলছে,আর মেয়েটা তিতিবিরক্ত হয়ে সে কথার উত্তর দিতে দিতে মাঝে মাঝে গ্লাস থেকে বড় করে একটা সিপ নিচ্ছে, তবে গানের আওয়াজের চোটে তাদের কথা কিছু বোঝা যাচ্ছে না |

পাশের টেবিল এ এক ম্যারেড কাপেল, মেয়েটা একটা টাইট জিন্স আর ছেলেটা বেঢপ ভুড়ির ওপর তস্য বেঢপ একটা টিশার্ট পরেছে | তাদের হাবভাব দেখেই বোঝা যাচ্ছে তারা দুজনে না তো এই পোশাকে অভ্যস্ত না তো এই পাব কালচার এ | সম্ভবত মেয়েটা ইনস্টাগ্রাম এ তার অন্য় কোনো বিবাহিত বান্ধবীর কোনো পাবে তোলা সেল্ফি দেখে জেলাস ফিল করে হাসব্যান্ড কে পাবে টেনে এনেছে | ছেলেটাও গোবেচারার মত বসে বারবার মেনু কার্ড উল্টে পাল্টে দেখছে যাতে এই ছবি তোলা পর্বটা যতটা সস্তায় সেরে ফেলা যায় | পাবের মধ্যে বেসুরো তাল ও লয় তে গানটা বেজেই চলছে | কিছু বড়লোক বাপের বাড়ন্ত বয়সের উড়ন্ত ছেলে মদের গ্লাস নিয়ে চিয়ার্স করছে, কোনো কাপল একজন আরেকজন এর এদিকে তাকিয়ে বসে আছে আর গানের সাথে সাথেই নাচছে চেয়ারে বসে বসেই| একজন অফিস ফেরত লোক চোখমুখ এ জীবন্ত ফ্রাসটেশন নিয়ে ঢগ ঢগ করে পেগ এর পর পেগ মেরেই চলেছে | গানটা শুনতে শুনতে বিরক্ত হয়ে টেবিল এ প্রায় ঢলে পরা মাথাটা একটু তুলে ঝাঁ ঝাঁ গলায় বলে উঠলো -

"চুপ শালা , তখন থেকে ঘ্যা,ঘ্যা করেই চলেছে বাল টা | এসব থামিয়ে একটু সাত সামান্দার চালা বাবা |"

বলে নেশা জড়ানো গলায় সাত সামান্দর গাইতে থাকে

আবার কারোর গানের দিকে কোন হুশ নেই.... নিজেদের মতো মদ খেয়ে যাচ্ছে...

ইন্দ্রনীল এর হাতে মদের গ্লাস; টেবিল এ ছটা খালি গ্লাস উল্টে আছে, চোখ ঢুলে আসছে ইন্দ্রনীল এর | টলমল পায়ে গানের সাথে সাথে নাচতে নাচতে স্টেজের দিকে এগোতে থাকবে ইন্দ্র, তৃষা পেছন থেকে ইন্দ্রকে টেনে ধরবে| ততক্ষণে গানটা প্রায় শেষ হয়ে এসেছে, অন্য গান বাজানোর জন্য সবাই নিজেদের পছন্দের গানের সাজেশান দিচ্ছে D.J ছেলেটাকে |

তৃষা:- ইন্দ্র বাড়ি চল অনেক হয়েছে...

৮ পেগ খেয়েছিস, আর নয়..

সামনে এক্সাম আছে তোর সে খেয়াল আছে?

যা...যা তোর ফ্রেন্ডসদের বাই বলে আয়

ইন্দ্র পাশের একটা টেবিলে বসে থাকা চারটি ছেলেকে হাগ করে কিছুক্ষণ নেশার ঘোরে অবান্তর কিছু কথাবার্তা বলে..তারপর চেয়ার ছেড়ে উঠে এসে টলমল পায়ে বিল মেটাতে যায় কাউন্টার এ

তৃষা :- থাক, অনেক হয়েছে, দাঁড়াতে পারছিসনা

ঠিক করে ,আবার বিল দিবি..আমি দিয়ে দিয়েছি

তুই দয়া করে এখান থেকে বেরিয়ে আমাকে উদ্ধার কর ...

তৃষা পাবের বাইরে নিয়ে আসে ইন্দ্র কে , কোনরকমে ধরে ধরে গাড়িতে তোলে ,গাড়ির দরজা বন্ধ করে ড্রাইভিং সিট এ বসে তৃষা | ইন্দ্র আচমকা তৃষার কোমর চেপে ধরে কাছে টেনে আনে তৃষা কে, ঠোঁটে ঠোঁট গুজে দেয়| তৃষা এক ঝটকায় ইন্দ্র কে সরিয়ে দেয়-

“লজ্জা করছেনা তোর? এটা চুমু খাওয়ার সময়!!! একে তো মদ খেয়েছিস, জানিস তুই আমি মদের গন্ধ একদম সহ্য করতে পারিনা.. তার মধ্যে তোর দুদিন বাদে পরীক্ষা, আগের সেমের দুটো পেপার এখনো ক্লিয়ার হইনি.. ছি:”

ইন্দ্র:- ধোরররর বাড়া, তুই বড্ড হ্যাজাস আজকাল জানিস তো, দিব্বি মদ খাচ্ছিলাম , তুলে আনলি ওখান থেকে, এখন আবার এক্সাম নিয়ে খোঁচা মারছিস,তার ওপর শালা চুমু খেতেও দিচ্ছিসনা | লাস্ট ৩ মাস হয়ে গেল একবার ফিজিক্যাল হইনি আমরা .. কি চাস টা কি তুই!!!

তৃষা:- আমি চাই, তুই এখন ঘুমো, আমি তোকে বাড়ি ছেড়ে আসছি, ব্যাস |

ইন্দ্র মুখে বিরক্তির ভাব নিয়ে গাড়ির সিটে গা এলিয়ে দিয়ে নেশার ঘোরে গান গাইতে থাকে, তৃষা গাড়ি স্টার্ট দেয়, গাড়ি চলতে থাকে প্রিন্স আনোয়ার শাহ রোড ধরে লেক গার্ডেন্স এর দিকে |

অন্যদিকে, পার্কসার্কাস ফ্লাইওভারের এক মাথায় ৬ টা বাইক পাশাপাশি দাঁড়িয়ে এক্সেলেটর ঘোরাচ্ছে| সবার হেলমেট পরা, হাতে গ্লাভস, গায়ে কালো জ্যাকেট| পুরো বলিউড সিনেমার কায়দায় স্টান্ট নিয়ে দাড়িয়ে আছে সবাই| বিগিনিং লাইন এর একদম ধারে একটা হটপ্যান্ট আর লাল টিশার্ট পরে হাতে একটা হুইস্কির বোতল নিয়ে দাঁড়িয়ে আছে, এই বোতলটা আজকের উইনারের প্রাইস| মেয়েটা কমান্ড দেয়,

“ রেডি, গেট সেট, গোওওওও”

বাইক ছুটিয়ে দেয় সবাই.. সাপের মত এঁকেবেঁকে ফ্লাইওভারের ওপর দিয়ে বাইক ছুটে চলেছে,কখনো একজন কে ছাড়িয়ে আরেকজন এগিয়ে যাচ্ছে, আবার কখনো সে আগের জনকে পেছনে ফেলে দিচ্ছে| ফাঁকা ফ্লাইওভার , রাত তখন ১ টা, অতগুলো এক্সেলেটার এর সম্মিলিত আওয়াজে বুক কেঁপে ওঠে |

রাস্তার কোথাও একটা জনমানব নেই;

বাইক ছুটে চলেছে হু হু করে, নানা রকম স্টান্টবাজি চলছে , কখনো দুহাত ছেড়ে, কখনো এক হাত ছেড়ে, কখনো সামনের চাকা তুলে , কখনো পেছনের চাকা তুলে একের পর এক বাইক ছুটছে| ওই যে দূরে ফিনিশিং লাইন টা দেখা যাচ্ছে , মিনিস্কার্ট পরা এক বছর ১৮ র মেয়ে দাড়িয়ে আছে ওখানে, একদিকে ফ্লাইওভারের পোল এর সাথে বাঁধা একটা লাল ফিতে হাতে নিয়ে | দুটো বাইক বাকিদের ছাড়িয়ে অনেকটা এগিয়ে এসেছে, এক্সেলেটার সপ্তমে তোলে দুজনেই

খুব জোরে ছুটছে দুজন; কেউ কাউকে এক ইঞ্চি জমি ছাড়বে না| সবুজ রঙের এর ডিউক টা এগিয়ে গেল বেশ কিছুটা, আর একটু; তার পরেই ফিনিশিং লাইন

হঠাৎ পেছনের কালো Apache এগিয়ে এসে হালকা করে একটা লাথি মারে আগের ছেলেটার গায়ে, আচমকা লাথিতে হকচকিয়ে যায় ছেলেটা, কিছুক্ষণ ওই স্পিড-এই তাল সামলানোর চেষ্টা করে, শেষটাই না পেরে গাড়ির স্পিড কমাতে বাধ্য হয় ছেলেটা| ততক্ষণে লাল ফিতে ছিঁড়ে ফেলেছে কালো বাইকের ছেলেটা| পেছনের বাকি বাইক গুলোকেও আসতে দেখা যাচ্ছে কিছুটা দূরে , একদম শেষ বাইকে সেই হটপ্যান্ট আর লাল টপ পরা মেয়েটা, এক হাতে বোতল |

কালো বাইকের ছেলেটা বাইক দাঁড় করিয়ে মাথা থেকে হেলমেট নামায় | মাথা থেকে হেলমেট নামিয়ে মিনিস্কার্ট পরা মেয়েটাকে জড়িয়ে ধরে, মেয়েটাও যেন জানত যে ওই ছেলেটাই জিতবে, মেয়েটাও প্রবল খুশিতে ঝাঁপিয়ে পরে ছেলেটার গায়ে, ততক্ষণে বাকিরা সবাই গাড়ি দাঁড় করিয়ে ওদের পাশে এসে দাঁড়িয়েছে;

মেয়েটা এসে হুইস্কির বোতলটা তুলে দেয় ওর হাতে| ছেলেটা সবে বোতলের ছিপি খুলতে যাবে আচমকা একটা লাথি আসে পরে আসে ওর গায়ে| সবুজ ডিউক এর ছেলেটা আরো একটা ছেলেকে সাথে নিয়ে মারতে এসেছে ওকে , ওর হাত থেকে বোতলটা পড়ে ভেঙে যায়|

"শুয়োরের বাচ্চা, ভিখারী শালা, হুইস্কির এত লোভ তোর| ছি: রামিজ, তোকে বন্ধু বলে ভাবতে ঘেন্না হচ্ছে, সামান্য একবোতল হুইস্কির জন্য এত নিচে নামলি তুই, শেষমেষ বারা চোরা করে জিততে হলো তোকে!! তার থেকে বাঁড়া আমার কাছেই ভিক্ষে চাইতে পারতিস ,আমি এমনিই জিতিয়ে দিতাম তোকে, এইজন্যই বাঁড়া ছোটলোক দের সাথে রেস করতে নেই |"

রামিজ তেড়ে এসে মারতে যায় ছেলেটাকে , পেছন থেকে সাবনাম টেনে ধরে ওকে, ওই অবস্থা তেই চিৎকার করতে থাকে রামিজ...

" ভাগ শালা...একদম ন্যাকাচোদামো করতে আসবি না | তোর মত বারা দশ টা কে বাইক রেস এ হারানোর ক্ষমতা রাখি রে.. তোর এই নাল্লা লেজুড় দুটোকে নিয়ে ফোট শালা এখান থেকে"

ছেলেটা এগিয়ে রামিজ কে মারতে যায় , ওর সাথে থাকা দুটো ছেলের মধ্যে একজন ওকে আটকায়, ওখান থেকে সরিয়ে নিয়ে যায় ওকে |

চলন্ত গাড়ির জানালা দিয়ে মুখ বার করে চিৎকার করতে থাকে ইন্দ্র| ভেতর থেকে ওকে বারবার গাড়ির ভেতরে টেনে ঢুকিয়ে নেয় তৃষা, ইরিটেটেড হয়ে যায় তৃষা-

"আহ , ইন্দ্র কি হচ্ছে কি এসব? কেন ছোটলোকের মত করছিস, বস না চুপ করে, এবার নামিয়ে দেবো কিন্তু গাড়ি থেকে "

"হুর বাল, থাম তো, ভ্যাজ ভ্যাজ করিসনা, আমি বারা কলকাতার রাজা এখন !!! ঊ হুহুহুহুহ"

তৃষার মুখে চোখে চরম বিরক্তি , জোড়ে গাড়ি ছুটিয়ে দেয় তৃষা, ততক্ষণে লেক গার্ডেন্স চলে এসেছে |

তৃষা একটা দরজার সামনে গাড়ি দাঁড় করায় , ততক্ষণে ইন্দ্র ঝিমিয়ে গেছে, গাড়ির সিট এ হেলান দিয়ে ঝিমোচ্ছে|

ধরে ধরে ইন্দ্রকে নামায় তৃষা -

" কিরে দেখ,যেতে পারবি তো? গিয়ে মাকে একদম ডাকবি না... চুপচাপ নিজের বেডে শুয়ে পড়বি"

" আরে হ্যাঁ, বাল, আমি ঠিক আছি.. যা তুই বাড়ি যা তো, চুমু খেতে দেয়না কিছু করতে দেয়না আবার বত বড় লেকচার খালি, যা বাড়ি যা"

নিজে টলতে টলতে গেট খুলে বাড়ির ভেতরে ঢুকে যায় ইন্দ্র| গাড়িতে হেলান দিয়ে ইন্দ্রর চলে যাওয়া রাস্তার দিকে তাকিয়ে একটা লম্বা নিঃশ্বাস ছাড়ল তৃষা, একটু মুচকি হেসে গাড়িতে উঠে গাড়ি স্টার্ট দেয় আবার|

একটা ছেলে একটা মেস এর রুমে বসে ল্যাপটপ নিয়ে কাজ করছে, তারপর ল্যাপটপ বন্ধ করে উঠে দাঁড়িয়ে একটা আড়মোড়া ভাঙে , একটু গা হাত-পা নাড়িয়ে নিয়ে, চোখটা ডলে তারপর মেসের দরজায় তালা দিয়ে বেরিয়ে যায়| গায়ে পুরোনো অথচ বেশ পরিস্কার একটা গেঞ্জি, সেটা থেকে সার্ফ এক্সেল এর গন্ধ বেরোচ্ছে এখনও, আর একটা হাফ প্যান্ট| সরু গলিটা দিয়ে বেরিয়ে বড়রাস্তায় এসে পরে ছেলেটা| গরফা মেন রোড; বাইক,অটো আর ২১২ বাসের সম্মিলিত আওয়াজে কানে তালা ধরানো আওয়াজ| রাস্তার বুক চিরে দানবের মত বাস গুলো চলে যাচ্ছে| আরেকটু হলেই যেন সব দোকান পাঠ মানুষজনের গায়ের ওপর উঠে যাবে বাস| মেন রোড ধরে হাঁটতে হাঁটতে একটা হোটেলে ঢোকে ছেলেটা| হোটেলের বাইরের হোর্ডিং এ লেখা

শ্যামলালহোটেল

"এখানে সুলভ মূল্যে ২৬ রকম মাংসের আইটেম পাওয়া যাই"

নিচের লাইন এ-

"বাচ্চা, বুড়ো আর ছাত্রদের জন্য ১০% ছাড়"

হোটেলের বাইরে রুটি কেনার লম্বা লাইন, ভেতর টা মোটামুটি ফাঁকা, দুটো টেবিলের একটা তে দুজন লোক বসে খাচ্ছে|আরেকটা ফাঁকা, টেবিলের ওপর নুন আর কাচালংকার বাটি| বাইরে একটা উনুন জ্বলছে, সেখানে একটা বছর ১৫ -র ছেলে ঘাড় নিচু করে শুধু রুটি সেঁকে যাচ্ছে| ভেতর থেকে এক বুড়ো আটা মাখছে আর রুটি বেলছে, আর একটা বাচ্চা সেগুলো নিয়ে বাইরের ছেলেটাকে দিয়ে আসছে, পুরোটাই যেন যুদ্ধকালীন তৎপরতাই| ক্যাশ কাউন্টার এ বসে থাকা মালিক টাকা গুনতে গুনতে সমানে তাড়া দিয়ে যাচ্ছে -

"এই বাচ্চা, হাত চালা হাত চালা হাত চালা , দেখ ভেতরে টেবিলে কার কি লাগবে, যা যা দেখ | মামা একটু দেখুন ভেতরে কার কি লাগবে"

রমেন কে ভেতরের টেবিল এ বসে থাকতে দেখে জিজ্ঞেস করে

"বলুন স্যার, কি খাবেন? দু'পিস চিকেন খান আজ, টাকা কাল দিয়ে যাবেন|"

রমেন ঘাড় নেড়ে না বলে, তারপর রান্না ঘরের দিকে উঁকি মেরে গ্যাস এর সামনে দাড়ানো ছেলেটা কে বলে -

" এই সঞ্জীব দা , ডিম তরকা বানাও তো, ঝাল কম দিও, আর চিকেন এর ঝোল মিশিয়ে দিও একটু| আর চারটে রুটি দাও"

-" কি রুটি? হাত না রুমালি?'

"হাত, হাত"

খাবার অর্ডার দিয়ে কিছুক্ষণ বসে থাকবে, তারপর রুটি আর তড়কা শেষ করে রমেন| ততক্ষণে উল্টোদিকের টেবিল এ আরো দুজন লোক এসে বসেছে, সম্ভবত সারাদিন কারো বাড়িতে বা কোনো ফ্ল্যাটে রঙের কাজ করেছে তারা, গায়ের ছেঁড়া স্যান্ডো গেঞ্জি আর লুঙ্গিতে রঙের ছিটে লেগে আছে তাদের| দক্ষিন ২৪ পরগনার কোনো এক আঞ্চলিক ভাষার সুরে নিজেদের মধ্যে কথা বলছে তারা| রমেন উঠে গিয়ে পাশের ছোট্ট একফালি গলতার মধ্যে রাখা নোংরা একটা বেসিন এ হাত ধুতে যায় , বেসিনের লায়ফবই সাবানটার গলে যাওয়া শেষ টুকরোটা তখনও বেসিন এর ওপর পরে আছে|বাড়ি ফিরে আসে রমেন, পড়তে বসে আবার, কাল প্রজেক্ট জমা দেবার শেষ দিন|

ল্যাপটপ এ তখনও কোড একাডেমীর সাইট , গিক ফর সিক এর ওয়েবসাইট আর ইউটিউবে এ একটা কোডিং টিউটোরিয়াল মিনিমাইজ করা আছে| কানে হেডফোন লাগিয়ে আবার কাজ শুরু করে রমেন, পাশের ঘর থেকে হেডফোনের আওয়াজ ভেদ করে দীপ্তদার গিটার এর আওয়াজ আর একটা ইংরেজি গানের সুর ভেসে আসছে| ভিডিও টা একবার থামিয়ে কয়েক সেকেন্ড গানটা শোনার চেষ্টা করে রমেন, চিনতে পারে না | দীপ্তদা একবার ওকে রুম এ ডেকে 'সেপ অফ ইউ' বাজিয়ে শুনিয়েছিল , এখনো যেন কানে বাজে ওটা | রমেন মনে মনে ভাবে প্লেসমেন্ট হয়ে গেলে এবার এই মেস টা ছাড়তে হবে, শেষ তিন বছরে কলকাতায় থাকাকালীন ৮ টা বাড়ি বদল করেছে|

এই কথা ওর এখনকার রুমমেট অনুপম কে একদিন বলেছিল রমেন; শুনে অনুপম ওর মেদিনীপুরি ভাষায় জিগ্গেস করেছিল

" বেদুইন দের মত যাযাবর জীবন কাটাস ক্যান এরকম??"

রমেন হেসে বলেছিল -

আমার মন্দ লাগে না বারবার বাড়ি শিফট করতে..হ্যাঁ, তাতে খরচা হয় একটু বটে.. তবে নতুন নতুন এলাকায় গিয়ে নতুন নতুন মানুষ, দোকানপাট, বাজার, ঘর, ডাইনিং, টয়লেট, বাড়ির ছাদ সব কিছুর সাথে নিজেকে মিশিয়ে ফেলার একটা আলাদা আনন্দ আছে |

কখনো পালবাজার, কখনো গরফা পোস্ট অফিস , কখনো বিধানপল্লী , কখনো বাপুজি নগর , কখনো বি.এম.মেডিকেল , কখনো প্রতাপগড়

লোকনাথ মন্দির ...অটো থেকে নামার সময় স্টপেজ এর নাম গুলো বারবার বদলাতে থাকে| কোনোটা সরু গলির ভেতরে , সকাল হলেই বাড়ির সামনের টাইম কলে পাড়ার কাকিমাদের ঝগড়ার আওয়াজ এ ঘুম ভাঙ্গে, আবার নিস্তব্ধ দুপুরে উল্টো দিকের বাড়ির নারকেল গাছ থেকে একটা অদ্ভুত পাখির আওয়াজ ভেসে আসে.. রাতে আবার পাশের কোনো এক বাড়ি থেকে কোনো এক বুড়ির কাতর গোঙানি শোনা যায়

আবার কোনো বাড়িটা রাস্তার একদম পাশে .. সারাক্ষণ গাড়ির আওয়াজ এ কান পাতা যায় না.. জানলার গায়ে ফোম লাগাতে হয় সেই আওয়াজ কমাতে..সেই বাড়ির মধ্যে একটা সুন্দর বাগান ছিল.. সন্ধে হলেই সেখানে থেকে একটানা ঝিঝির ডাক, মাধবীলতার মিষ্টি গন্ধ আর গরমকালে ধুপধাপ করে গাছ থেকে পাকা আম আর কাঁঠাল মাটিতে খসে পড়ার আওয়াজ শোনা যেত..

সারাদিন অত শব্দের পর রাতে যখন গাড়ির আওয়াজ সব থেমে যেত.. তখন সারা বাড়ি জুড়ে এক অদ্ভুত মাদকতা ছেয়ে থাকত| রাত বাড়লেই বাড়িওয়ালা এক বড়লোক বুড়ো এবিপি আনন্দ চালিয়ে মদের বোতল নিয়ে বসতো , আমাকে ড্রয়িং রুম এ ডেকে অফার ও করত মাঝে মাঝে...

কোনোটা আবার মেসবাড়ি .. এক একটা ঘরে একজন করে লোক থাকত.. সবার আলাদা আলাদা বয়স, আলাদা প্রফেশান , সবার দেশের বাড়ি আলাদা জায়গায় এমনকি কয়েকজন এর মাতৃভাষা ও আলাদা.. কেউ বিহার এর, কেউ ঝারখন্ডের , কেউ রাজস্থান আবার কেউ বর্ধমান..আবার কারোর বাড়ি দক্ষিন ২৪ পরগনার কোনো গ্রামে | কেউ বিপিও তে চাকরি করে, কেউ মেডিকেল রেপ্রেসেন্টটেটিভ , কারোর ছোটখাটো ব্যবসা.. রোজ সকালে তাকে ধর্মতলা যেতে হই, কেউ কলেজ এ পরে, কেউ ইনকাম ট্যাক্স আর ইন্সুরেন্স এর এজেন্ট, কেউ Animation নিয়ে কাজ করে, কেউ সরকারী চাকরির পরীক্ষার প্রিপারেশন নিচ্ছে....

রাতে সবাই কাজ থেকে ফেরার পর বারান্দায় বসে কেউ সিগারেট টানতে টানতে সারাদিনের সুখ দুঃখের গল্প নিয়ে বসত, আর কেউ রাতের রান্নার জন্য পেয়াজ রসুন ছাড়াতে বসত..

কোনটা আবার পুরোনো দিনের ফ্ল্যাটবাড়ি, তিন তলায় ফ্ল্যাট | বন্ধন ব্যাঙ্ক-এ চাকরি করা এক দাদার সাথে রুম শেয়ার করতাম, সেই পাগল সারা সন্ধে রা রা করে কার সাথে যেন চিত্কার করত ফোন এ আর ডিসেম্বর এর ঠান্ডার মধ্যে ফুল স্পিড এ ফ্যান না চালিয়ে ঘুমোতে পারত না.. ভোরবেলা

কাঁচের জানলার ফাঁক দিয়ে আসা কুশায়া তে গলা বন্ধ হয়ে যেত|

কোনোটা পুরনো দিনের একতলা বাড়ি.. কিন্তু বেশ ছিমছাম..পরিস্কার.. বাড়ির সামনে রাস্তা আর পেছনে বড় বাগান|

সেখানে রাতে কুকুরের আওয়াজে ঘুম ভেঙ্গে যেত, রাতে বিছানা ছেড়ে উঠে কুকুরের ঝগড়া থামাতে হত, সেই কুকুর গুলো আবার পেছনের বাগানে বাচ্চা দিত| শীতের দুপুরে ভাত খেয়ে যখন বাড়ির মোসাইক করা বারান্দায় বসে রোদ পোহাতাম আর সিগারেট টানতাম; নিজেকে কলকাতার রাজা মনে হত |

তখন সারা উঠোন জুড়ে কুকুরের ছোট ছোট বাচ্চা গুলো খেলে বেড়াত| সেই বাড়ির পাশে একটা বড় বিরিয়ানির দোকান ছিল | জ্বরের মধ্যে যখন কম্বল মুড়ি দিয়ে বিছানায় শুয়ে থাকতাম তখন যেন হাওয়ায় ভেসে আসা বিরিয়ানির গন্ধের আরামে ঘুম এসে যেত| বাড়ির সামনে এক বুড়ো বুড়ি থাকত ,আমাকে নিজের ছেলের মত ভালবাসত.. মাঝে মাঝেই বাড়িতে ডেকে খাওয়াত.. বাড়িটা ছেড়ে আসার সময় কাঁদো কাঁদো চোখে বলেছিল যেন মাঝে মাঝে এসে খবর নিয়ে যাই ওদের | আর যাওয়া হইনি কোনোদিন...

কোনো বাড়িটা আবার কলোনী এলাকায়, এক গাদা কনক্রিট এর ফ্ল্যাট শুধু চারিদিকে| সকাল হলে আশেপাশের কোনো বাড়িতে বাসনের টুংটাং আর কড়াই তে তেলের মধ্যে ছ্যাক করে মাছভাজার আওয়াজ এ সকাল হত, আবার সন্ধে হলেই পাশের ফ্ল্যাট এর এক উকিল আর তার বউ এর মধ্যে তুমুল মারামারি আর জিনিসপত্র ভাঙ্গার শব্দে প্রথম প্রথম বুক কেপে উঠত

তারপর যখন গা সওয়া হয়ে গেল তখন আমরাও ঘরের মধ্যে থেকে মার মার করে আওয়াজ দিতাম | কোথাও আবার বাড়ি ওয়ালা নিচের ঘরের দুদিকে পার্টিসান করে একপাশে ছেলে আর এক পাশে মেয়েদের ভাড়া দিত; দুজনের বেরোনোর রাস্তা আলাদা ছিল | একটা ছোট্ট জানলা দিয়ে আমার ঘর থেকে মেয়েগুলোর যাবার রাস্তাটা দেখা যেত ; সে কি টান; কি অমোঘ আকর্ষণ ওদের দেখার, পা এর আওয়াজ পেলেই সেই জানলায় উঁকি মারতাম | যদিও ওদের দরজায় গিয়ে নক করলেই সোজাসুজি ওদের সাথে কথা বলা যেত তবুও গ্রাম থেকে নতুন কলকাতায় এসে সেই সাহস জোটাতে পারিনি , ওই দূর থেকেই কল্পনাতে যত যা কিছু করা যাই আর কি, ওই বয়েসে | কোনো বাড়িতে আবার ছাদে উঠলে দূর থেকে কোনো মসজিদের আজান এর আওয়াজ ভেসে আসত আবার পাশের বাড়ির কোনো

এক বুড়ি সারাদিন কোনো এক দুর্বোধ্য মন্ত্রপাঠ করত, যার উচ্চারণ আজ অবধি বুঝতে পারিনি| জীবন এভাবেই বয়ে চলেছে, নিজের ছন্দে, রঙ্গে রসে মিশে | প্রতিটা বাড়িতে আলাপ হয়েছে অনেক নতুন মানুষের সাথে, কারোর সাথে ভাব জমে উঠেছে আবার কারোর নম্বর এখন আর ফোনেও নেই, কেউ নিজের বাড়ির অনুষ্ঠান-এ নেমতন্ন করেছে, কেউ আবার রাস্তায় দেখা হলেও চেনেনি আর..

নতুন বাড়িতে শিফট করার সময় বাড়ি খোঁজার গল্প টা আরো মজার | ব্রোকার এর টাকা বাচাঁতে নিজেই নতুন বাড়ি খুজতে বেরোতাম.. যে এলাকায় বাড়ি নেবো সেখানে গিয়ে সব মুদিখানার দোকান গুলো তে গিয়ে খোজ নিতাম, কার বাড়িতে বাড়ি ভাড়া দেয় .. সোজা তার বাড়িতে গিয়ে কলিং বেল মারতাম| বেশিরভাগ ক্ষেত্রেই কোনো বুড়ো বা বুড়ি দোতলা থেকে মুখ বাড়িয়ে "কেএএএএএ?" বলে আওয়াজ দিত আবার কেউ বা কাঁপা কাঁপা হাতে ভয় ভয় মুখে দরজা খলে দিত.. কলকাতা যে আস্তে আস্তে একটা বৃধাশ্রম হয়ে যাচ্ছে বাড়ি খোঁজার সময় বারবার মনে হত ...

সব বাড়িতে ঢুকতেই একটা আলাদা রকম গন্ধ নাকে এসে লাগত..

সব বাড়ির ইট, কাঠ এর একটা আলাদা রকম গন্ধ থাকে..

কোথাও ঘর দেখে পছন্দ হত, কিন্তু টাকায় পোষাত না, কোথাও আবার ঘর দেখেই গা গুলিয়ে উঠত.. কেউ বাথরুম এর পাশে,কেউ রান্নাঘরের মধ্যে,কেউ বেসিন এর গায়ে, কেউ চিলেকোঠা হরে, কেউ ভ্যাপসা অন্ধকার গুদাম ঘরে বেড পেতে ভাড়া দিচ্ছে

কোথাও আবার বাড়ির ছাদ থেকে জল পড়ছে, কোথাও একটা বাথরুম ৬ -৭ জন মিলে শেয়ার করছে | ঐসব ঘরের জন্যই দাঁত বার করে হেসে তারা যা ভাড়া চাইতো শুনেই বাড়িওয়ালা কে চড়িয়ে দিতে ইচ্ছে করত.. মানুষ টাকার জন্য এত নিচে কিভাবে নামতে পারে!!!!

কোনরকমে হাসিমুখে বেরিয়ে আসতাম বাড়ি থেকে..

কত পাড়া, কত রাস্তা, অন্ধকার কানা গলি ঘুরে বেরিয়েছি নতুন বাড়ির খোঁজে | মোড়ের মাথার সব দোকানদার গুলো পর্যন্ত চিনে গেছিল আমাকে | প্রতিটা বাড়ির সাথে কত ঘটনা, কত হাসি কত কান্না জড়িয়ে আছে.."

আর কিছুদিন বাদেই কলেজের কাম্প্যাসিং শুরু হবে, তারপর কথায় কোন কোম্পানিতে চাকরি পাবে রমেন কিচ্ছু ঠিক নেই| হয়ত পুনে বা নয়ডা বা বাঙ্গালোরে চলে যেতে হবে| এই মেসটাও ছেড়ে দিতে হবে| মন খারাপ হয়ে যায় রমেনের| বাবার কথা মনে পরে, রানাঘাটের কালিনারায়ানপুর এ

ওদের নিজেদের বাড়িটার কথা মনে পরে রমেনের| হঠাৎ খেয়াল হয় কখন যেন ইউটিউবের ভিডিও টা চলতে শুরু করেছে | ভাবনা ছেড়ে পড়াশুনোই আবার মন দেয় রমেন |

2

আবার উড়ব বলে চাইছি দুটো ডানা

কলেজের একটা সিঁড়িতে পাশাপাশি তিনজন বসে আছে.. পাশের একটা দরজা দিয়ে ফরমাল ড্রেস পরে চার পাঁচ জন ছেলেমেয়ে হাতে ফাইল নিয়ে হাসতে হাসতে বেরিয়ে আসছে বাইরে| ওরা সেলিব্রেশনের মুডে সবাই | একটা মেয়ে একবার লাফাতে লাফাতে আরেকটা মেয়েকে জড়িয়ে ধরছে আবার পরক্ষনেই মেয়েটাকে ছেড়ে দিয়ে হাওয়াতে হাত পা ছুঁড়ছে | পাশের একটা ছেলের গলা পাওয়া যাচ্ছে , ফোনের মধ্যে ধরা গলায় চিৎকার করছে ছেলেটা

"মা চাকরি পেয়ে গেছি আমি..হ্যাঁ, এইমাত্র রেজাল্ট এনাউন্স করলো, হ্যাঁ, বাবাকে বলে দিও তুমি|"

আচ্ছা বেশ , চলুন এবার থেকে গল্পটাকে একটু সিনেমার স্ক্রিপ্টের মতো করে এগানো যাক| সিনেমার স্ক্রিপ্টে যেরকম নানা রকমের শট আর ক্যামেরা মুভমেন্ট উল্লেখ করা থাকে সে রকম ভাবেই কিছু প্লট, কিছু সিন, কিছু ইমোশন কে ধরার চেষ্টা করা যাক| আশা করি আপনাদের খারাপ লাগবে না পড়তে। যেমন ধরে নিন, সিঁড়িতে রমেন, রামিজ আর ইন্দ্র পাশাপাশি বসে আছে আর তাদের থেকে একটু দূরে কেউ একজন ট্রলি ট্র্যাক এর একটা ক্যামেরা সেট করে তাতে আলট্রা প্রাইম লেন্স লাগিয়ে ইন্দ্রনীলের উপর ফোকাস লক করলো ।

লাস্ট রাউন্ড ক্যাম্পাসিং শেষ আজ , ইন্দ্রর মুখটা থমথম করছে| তৃষার কথা মনে পড়ছে ওর ,বারবার তৃষা বলেছিল প্রিভিয়াস ইয়ার এর সব

কোশচেইন ভালোভাবে প্র্যাকটিস করে যেতে| ওই মোটা গোঁফওয়ালা ইন্টারভিউয়ার এর মুখটা চোখের ওপর যেন ভেসে ওঠে ইন্দ্রর

ধরুন, এবার ইন্টারভিউ রুমের মধ্যে ক্যামেরাটা বসানো .. প্রথমে একটা এস্টাব্লিশিং শট, তারপর ইন্টারভিউয়ার এর একটা টাইট ক্লোজআপ

ফার্স্ট ইন্টারভিউয়ার :- ইন্দ্রনীল, ইওর পারফরমেন্স ওয়াজ কোআইট গুড ইন টেকনিক্যাল রাউন্ড| বাট ইয়োর মার্কস ইন aptitude রাউন্ড ইস ভেরি ডিসেপইনটিং , ইউ কুড নট ইভেন সলভ দিস সিম্পল কম্পাউন্ড ইন্টারেস্ট কোশ্চেইন|

বেশ টেন্সড দেখাচ্ছে ইন্দ্র কে , একবার ঢোক গিলে বলে

“ সরি স্যার, আই ট্রাইএড মাই বেস্ট|”

কিছুক্ষণের সিনেম্যাটিক পজ..

ব্যাক টু প্রিভিয়াস সিন, ক্যামেরা শিফট করে যাচ্ছে রামিজের মুখের ওপর, ফোকাস লক হলো..

মাথা নিচু করে বসে আছে রামিজ |

ব্যাক টু ইন্টারভিউ রুম সিন ..

সেকেন্ড ইন্টার ভিউয়ার:- ওকে রামিজ, ইওর একাডেমিক পারফরম্যান্স ওয়াজ নট সো গুড থ্রউআউট দ্য সেমিস্টারস.. এনি স্পেসিফিক রিসন ফর দ্যাট ?

রামিজ বোকার মত উত্তর দেয়

রামিজ:- না স্যার, নট এট অল

এন্ড ইওর টেকনিকাল রাউন্ড পারফরমেন্স ওয়াস অলসো নট দ্যাট ইম্প্রেসিভ ..

রামিজের টেকনিকাল রাউন্ড এর প্রশ্নগুলো মনে পরে যায়

- রাইট এ প্রোগ্রাম টু ফাইন্ড হাফ অফ ২ নাম্বারস ইউজিং রিকার্সন

- রাইট এ C প্রোগ্রাম টু ফাইন্ড দ্য সাম অফ নাম্বারস ইন এরিথমেটিক প্রগ্রেশন

-রাইট এ প্রোগ্রাম টু ক্যালকুলেট দ্য স্ট্যান্ডার্ড ডেভিয়েশন

এরকম আরো বেশ কয়েকটা ছিল, এই তিনটে পেরেছিল করতে তাই কোশ্চেন গুলো মনে আছে ওর ..

রামিজ মাথা নিচু করে ,শুধু বলে

সরি স্যার...

আবার ব্যাক টু আগের সিন, সিঁড়িতে আগের মতই বসে আছে তিনজনে

ক্যামেরা আবার স্লাইড করতে শুরু করে , রমেনের মুখের ওপর ক্যামেরার ফোকাস গিয়ে লক হয়..

থার্ড ইন্টারভিউয়ার :- রমেন, ইওর একাডেমিক রেকর্ড ওয়াজ গুড ; ইওর aptitude পারফরমেন্স এন্ড টেকনিক্যাল রাউন্ড ওয়াস কোয়াইট ইম্প্রেসিভ টু| দিস ইজ দ্য ফাইনাল রাউন্ড, পার্সোনাল ইন্টারভিউ..

সো টেল মি, হোয়াই ডু ইউ ওয়ান্ট টু জয়েন আওয়ার কোম্পানি?

এন্ড থ্রি এক্সট্রাঅরডিনারি কোয়ালিটি অফ ইউ ফর হুইচ উই সুড হায়ার ইউ?

রমেন কুতিয়ে কুতিয়ে ইংলিশ বলার চেষ্টা করে , কিছুটা বলছে আবার থামছে বলছে আবার থেমে যাচ্ছে.. শেষটাই একদম থেমে গিয়ে হাফছেড়ে বলে-

সরি স্যার..

আবার ব্যাক টু আগের সিন, সিঁড়িতে আবার পাশাপাশি তিনজন বসে , ক্যামেরার পজিশন বদলে গেছে এবার তাতে আগের লেন্স বদলে ওয়াইড এঙ্গেল লেন্স জুড়েছে|

ফ্রেম এর ঠিক মাঝখানে ওরা তিনজন, পারফেক্ট ফ্রেম লকিং কম্পোজিশন|

ট্রলি শট-এর মত ক্যামেরা এগিয়ে আসছে ওদের দিকে.. নিজেদের মধ্যে কথা বলছে ওরা, ব্যাকগ্রাউন্ড-এ সব আম্বিয়েন্স সাউন্ড থেমে গেছে |

ইন্দ্র :- চাকরি তো হলোনা.. আজকে লাস্ট দিন ছিল ক্যাম্পাসিং এর, শুধু আমরা তিনজন আনপ্লেসড বাকি সারা ডিপার্টমেন্টের সবাই প্লেসড হয়ে গেছে কি করব বাঁড়া এবার| সব জানা কোশ্চেনগুলো পারলাম না..

রমেন :- আমার বাবার শালা গ্রামে মুদিখানার দোকান

আমাকে জব করতেই হবে কিছুনা কিছু| দেখি গভারমেন্ট জব এর

প্রিপারেশন স্টার্ট করেছি কিছুটা.. সিজিএল দেবো , ফর্ম ফিল আপ

করলাম| ফর্মের দাম আমাদের জন্য একশ টাকা ,মেয়েদের ফ্রি| কেন

ভাই..আজব এরা !! আর ব্যাঙ্কের ফর্ম এর দাম দেখে তো ফর্ম ফিলাপ

করার ইচ্ছেটাই চলে গেল | এবার মনে হচ্ছে স্কলারশিপ এর জমানো টাকাটা

তে হাত পড়বে|

রামিজ :- আমার ভাই ছোট থেকে ইচ্ছা একটা বড় রেডিমেড গার্মেন্টস এর দোকান দেবো | শালা আগের সপ্তাহে একজনের সাথে কথা বললাম মালটা

কুড়ি লাখ সালামি চাইছে| বাবার দর্জির দোকান এমনিই তেমন চলে না এখন আর, মা আশেপাশের বাড়ির বউদের শাড়ির ফলস পিকোর কাজ করে বলে তাও কিছু পয়সা পাই হাতে| তাতেই রোজ ঝগড়া হই বাবা মা এর , নিজের দোকান এর সালামির টাকা চাইতে গেলে তো বাবা একটা পয়সাও দেবে না বাঁড়া, উল্টে ঘাড়ধাক্কা দেবে |

ইন্দ্র :- আমি একটা জিনিস ভাবছিলাম... বাঁড়া চাকরি করে কি হবে আমরা তো বিরাট ইন্টেলিজেন্ট ষ্টুডেন্ট নই যে আমাদের কোম্পানি একদম বিশাল কোন পোস্ট দিয়ে দেবে| আর আমাদের যা কন্ডিশন তাতে ক্যাট ফ্যাট ও ক্লিয়ার করতে পারব না যে এবার এমবিএ করবো ভালো কলেজ থেকে| ওর থেকে লেটস বিল্ড সামথিং অফ আওয়ার ওউন| লেটস ডু স্টার্ট আপ | কি হবে বাল ছোটখাটো কোম্পানি তে লো পেইড জব করে, সেই বাঁড়া ইনফাইনাইট লুপ এর মধ্যে জীবন ঢুকে যাবে, সেই অফিস থেকে বাড়ি,বাড়ি থেকে অফিস , বসের খিস্তি, মাসের শেষে অ্যাপ্রেইসাল, বছরের শেষে ইনক্রিমেন্টের জন্য পা চাটো তারপর অফিস পলিটিক্স চুকলি বাজি... ভাগ শালা, কর্পোরেট শালা সোনার খাঁচার মতো একটা..

রমেন :- কিছু একটা বলে দিলেই হলো? স্টার্টআপ করবি নাকি!!! কিসের স্টার্টআপ? মার্কেটের সিনারিও দেখেছিস।। কারোর হাতে জব নেই, ছেলেপিলে বড় বড় ডিগ্রী নিয়ে কুত্তার মত এদিক ওদিক ঘুরে বেড়াচ্ছে আর তুই নাকি স্টার্টআপ করবি এত সস্তার গাঁজা খাস না ভাই|

ইন্দ্র একটুও না রেগে চোখমুখ বড় বড় করে উত্তেজিত গলায় বলে-

আরে না ভাই, সিরিয়াসলি বলছি | আরে আমাদের তিনজনের ফ্রিকোয়েন্সি কতটা ম্যাচ করে দেখ| আমরা বাঁড়া ফাটিয়ে দেবো স্টার্টআপ করলে..

হঠাৎ রামিজ নড়েচড়ে বসে উত্তেজিত হয়ে ইন্দ্রকে বলে

খুব স্টার্টআপ মারাচ্ছিস দেখছি...বলতো কি কি স্টেপ থাকে স্টার্টআপ-এ , কিভাবে স্টার্ট করতে হয় স্টার্টআপ? এমনিই বাড়া চাকরি বাকরি পায়নি , তার ওপর স্টার্টআপ স্টার্টআপ করে হ্যাজাচ্ছে..

ইন্দ্র :- শান্ত হ, দেখ আমি কিন্তু সিরিয়াস ব্যাপারটা নিয়ে, অনেকদিন ধরেই মাথায় ঘুরছিল, নানা ঝামেলায় এতদিন তদের বলা হইনি ..আজ সুযোগ বুঝে পারলাম কথাটা

আরে দেখ খুব সিম্পল ভাই, ৮ টা স্টেপ আছে..

1. আইডেন্টিফাই দা প্রবলেম

2. দেন ফাইন্ড এ সলিউশন
3. মেক আ প্রোটোটাইপ
4. বিল্ড আ পারফেক্ট টিম
5. কাস্টমার ভ্যালিডেশন এন্ড অ্যাকুইজিশন
6. বাজেটিং এন্ড ক্রিয়েট রেভেনিউ মডেল
7. মার্কেটিং প্ল্যান
8. ব্রিজ ফান্ডিং

সিম্পল ব্যাস.... এই ৮ টা স্টেপ ফলো করলেই হবে

রমেন একটু গম্ভীর মুখে দীর্ঘ নিঃশ্বাস ছেড়ে তারপর মাথা ওপর-নিচে নাড়িয়ে বলে...

সে তো ঠিকই আছে কিন্তু এগুলো তো তোর গুগল করা নলেজ| যে কেউ গুগলে গিয়ে ' স্টেপস টু বিল্ড স্টার্টআপ' লিখলেই পেয়ে যাবে এগুলো, কিন্তু ভাই "মুঝে সাব কুছ পাতা হে, ইসকা মাতলাব ইয়ে নেহি কি মুঝে সাবকুচ আতা হে!!"

আমাদের প্র্যাকটিকাল এক্সপিরিয়েন্স নেই ভাই মার্কেটের কন্ডিশন খারাপ তার ওপর কোনো সেভিংস নেই আমাদের ইনভেস্ট করার মতো..

না ভাই আমি নেই | সামনে অনেকগুলো এক্সাম – ব্যাঙ্ক, রেল, সিজিএল ... বাবা বলেই দিয়েছে ক্যাম্পাস প্লেসমেন্ট না পেলে গভারমেন্ট জব এর এক্সাম দিতে হবে...

রামিজ কি ভেবে হঠাৎ বলে ওঠে

ইন্দ্র আমি রাজি ভাই, চ হয়ে যাক...

দেখ আমার বাবার টেলারিং এর দোকান| তো আমার ছোটবেলা থেকেই ইচ্ছে নিজের একটা বড় রেডিমেড গার্মেন্টস এর দোকান হবে কিন্তু সে সবে তো প্রচুর টাকা লাগবে তো আপাতত কিছু একটা দিয়ে তো শুরু করা যাক..

ইন্দ্র :- রমেন তুই বোঝ বিষয়টা.. দেখ তোর পড়াশোনার কোনো ক্ষতি হবে না তুই সারাদিন পড়বি বাড়িতে, সন্ধ্যে থেকে স্টার্টআপে টাইম দিবি| বাড়িতে একবার কথা বলে দেখ|

রামিজ বলে -

ইন্দ্র তুইও বাড়িতে মায়ের সাথে কথা বল... দেখ কি বলে, একটা ইনিশিয়াল ইনভেস্টমেন্ট ও তো আছে..

ইন্দ্র:- আমার মায়ের যা শরীরের অবস্থা তাতে মাকে এসব বলে কোন লাভ নেই| লাস্ট তিন বছর ধরে মা বিছানায় , আমার সাথে কদিন কটা কথা

বলেছে হাতে গুনে বলা যায়| আমি বরং একবার তৃষার সাথে কথা বলি , দ্যাখ সত্যি বলতে লাস্ট ২ বছর ধরে তৃষাই আমার প্যারেন্টিং করে আসছে..

একটু হাসে ইন্দ্র .. আবার বলতে থাকে

আমি আজকে একবার তৃষার সাথে কথা বলি দেখি কি বলে..

রামিজ :- আমারও মনে হয় না বাবাকে বলে কোন লাভ আছে;

বাবা আজকাল মদ খেয়ে যা বাড়াবাড়ি শুরু করেছে এক মিনিটও বাড়িতে থাকতে ইচ্ছা করে না.. আর আমি কি করলাম না করলাম তাতে বাবার কিছু যায় আসে না!!! দেখি তাও একবার বলে দেখব ক্ষন..

ইন্দ্র :- ঠিক আছে এখন বের হই , সন্ধেবেলা রমেনের মেসে আমরা বসে ডিসাইড করব বাকিটা যে কিভাবে শুরু হবে| ধরে নে জেফ বেজসের গ্যারেজের মত রমেনের মেসটা আমাদের প্রথম অফিস |

রমেনের মেসের সামনে গুলেদার চায়ের দোকানে সন্ধ্যেবেলা লোকজন বসে আড্ডা মারছে... আজকের আড্ডার গুরুগম্ভীর বিষয় হলো ব্রিটিশরা ভারত কে কি দিয়েছে আর তার বদলে কি কি নিয়ে গেছে|

যে যার মত আলবাল বকে যাচ্ছে , সিনিয়র সিটিজেনদের ভিড় বেশী আজকের আড্ডায়| ব্রিটিশ দের কথা শুনে এই গরমের মধ্যেও তাদের কেউ কেউ গরম হয়ে উঠছে | রমেন ওদের পাশে বসেই নিজের মত চা খাচ্ছে, ওদের দিকে কান দিচ্ছেনা একবারও | সকালে ইন্দ্রর বলা কথা গুলো মাথায় ঘুরছে| স্টার্টআপ জিনিষটা যে ওর খুব একটা অপছন্দের তাও নই | এই তো বেশ কিছুদিন আগে সার্ক ট্যাঙ্ক ইন্ডিয়ার সবকটা এপিসোড রীতিমতো গুলে খেয়েছে রমেন| পীযুষ বানসাল কে ওর বরাবরই বেশ ভালোলাগে , দেখতে দেখতে রমেন ভাবত যদি এদের মত কোনদিন হতে পারত | কি অবলীলায় কাউকে ১ কোটি কাউকে ২ কোটি টাকা দিচ্ছে , যেন টাকার গাছ আছে বাড়িতে | কিন্তু বাবার কথা ভেবে সেসব পরিকল্পনা কে অচিরেই দমন করেছে সে| মাথার মধ্যে সব গুলিয়ে যাচ্ছে ওর, একটু পরেই ওরা দুজন চলে আসবে| এইসব ভাবতে ভাবতে হঠাৎ ফোন টা বেজে ওঠে , ফোন ধরে ঘাড় তুলে দেখে রাস্তার উল্টোদিকে ওরা দুজন দাঁড়িয়ে আছে|

ইন্দ্র আর রামিজ রমেনের সাথে ওর মেসের ঘরের ভেতরে এসে বসে |

এলোমেলো ঘর, দেওয়াল থেকে জামাকাপড় ঝুলছে, ভ্যাপসা একটা গন্ধ ঘরে| মশার জন্য জানলায় নেট লাগানো| রমেনের রুমমেট অনুপম এখন নেই, তাই নিজের বাসি জামাকাপড় , জলের বোতল, ব্যাগ, বইপত্র, মুড়ি, বিস্কুটের কৌটো সবকিছু মনের সুখে অনুপমের বিছানাই চাপিয়ে দিয়েছে

রমেন| অনুপম ৬ মাসের জন্য পাটনা গেছে, কিসের যেন একটা ট্রেনিং চলছে ওর, ট্রেনিং শেষ হলে তার পারফরমেন্স এর ভিত্তিতে নাকি পাকাপাকি চাকরি পাবে| অনুপম থাকলে বেশ অসুবিধেই হই রমেনের| তখন পড়ার টেবিলের ওপরেই যাবতীয় জিনিসপত্র ডাই করে রেখে বইপত্র বিছানায় রেখে কোনরকমে গুটিসুটি হয়ে ঘুমোতে হয় ওকে | ঘরে দ্বিতীয় কোনো টেবিল নেই আর, অবশ্য আর কোনো টেবিল রাখার জায়গাও নেই ঘরে | ঘরের লাগোয়া একটা বাথরুম, তার দরজা আবার সবসময় দিয়ে রাখতে হই, নাহলে বাথরুম এর জল গড়িয়ে ঘরের মেঝেতে চলে আসে|

এবার মনে করুন ঘরের মধ্যে একটা ক্যামেরা ঘুরছে, এবার পরপর বেশ কিছু টাইট ক্লোস-আপ শট নেওয়া হচ্ছে ক্যারেক্টারদের

সবার প্রথমে ইন্দ্রই কথা শুরু করে|

ইন্দ্র বলে-

সবার আগে আমাদের ডিসাইড করতে হবে কিসের স্টার্টআপ করবো|

এত রকমের স্টার্টআপ মার্কেটে আছে ,সেটা একটা ভাবনার বিষয় | তার ওপর আমাদের তিনজনের লাইফ এক্সপিরিয়েন্স ম্যাচ করে এমন কিছু একটা করতে হবে|”

রামিজ হঠাৎ বলে উঠলো

" ফুড ডেলিভারি App”

রমেন :- না হাট,সুইগী জোমাটোর পর ওই মার্কেট আর কেউ ধরতে পারেনি, কত ফুড ডেলিভারি app এসেছে মার্কেটে, কম্পিটিশনে আসতে পারবি না ওদের সাথে...ওরা উনিকর্ন ভাই..

রামিজ:- বাবা রমেন, উনিকর্ন হ্যা !!! উনিকর্ন !!! সকালে তো নাক সিটকাচ্ছিলি স্টার্টআপ এর কথা শুনে, আর এখন তো ভালই দিচ্ছ গুরু ..

ইন্দ্র :- হ্যাঁ জোমাটো ইউনিকর্ন স্টার্টআপ, বিলিয়ন ডলার কোম্পানি ভাই। অন্য কিছু ভাব আর তাছাড়া এখন সব হোটেল-রেস্তুরেন্ট নিজেরাই ডেলিভারি করে|

রামিজ বলে-

“ক্লাউড কিচেন হতে পারে |”

ইন্দ্র :- না ওতে অনেক ইনভেস্টমেন্ট লাগবে প্রচুর টাকার ব্যাপার কম বাজেটের মধ্যে কিছু ভাব

রমেন ইন্দ্র কে ঠেলা দিয়ে বলে

“তুই কিছু ভেবে বল না”

ইন্দ্র:- এডুটেক কম্পানি কোনো , বা ডিজিটাল মার্কেটিং এজেন্সি.. ইউটিউব খুললেই আজকাল দেখি ডিজিটাল মার্কেটিং এর প্রচুর স্কোপ, প্রচুর জব , বিজনেস অপরচুনিটি...

রমেন বিরক্ত হয়ে বলে ধুর ওসবে প্রচুর টাইম লাগবে আর আমাদের কারোর ওই ব্যাপারে কোন নলেজ নেই ভাই, আর এডুটেক তো ব্যাঙের ছাতার মতো গজিয়েছে |যে পারছে অনলাইন এডুকেটর হয়ে যাচ্ছে ইউটিউবে, আর তুই কোনো ষ্টুডেন্ট কে পড়ালে সেই ষ্টুডেন্টও তো তোর মতো গান্ডু তৈরি হবে ....হাহাহা....

ইন্দ্র রমেনের মাথায় একটা চাটি মেরে বলে

হুর বাঁড়া, নিজে কোন আইনস্টাইন এলেন রে!!!!

রমেন :- যাক গে, শোন, গ্রোসারি ডেলিভারি করলে কেমন হয়???

ইন্দ্র হাসতে হাসতে বলে

খাস তো বাঁড়া হোটেলে,জীবনে বাজারে গিয়েছিস কোনো দিন?

আরে ব্রো ..সে সামথিং ক্রিয়েটিভ না.. যাতে বিজনেস থাকবে, টেকনোলজি থাকবে, আর্ট থাকবে, ক্রিয়েটিভিটি,ডিজাইন সবকিছু থাকবে| তুই তো জানিসই আমি আবার একটু ক্রিয়েটিভ মানুষ, ছবি টবি আঁকি, ভায়লিন বাজাই , একটু তো আমার কথাও ভাব তোরা |

রামিজ :- তাহলে চল একটা নিউজ পোর্টাল টাইপের কিছু করি বা ইউটিউব চ্যানেল.. রাস্তায় রাস্তায় ঘুরে লোকের মুখে মাইক ধরে আলবাল প্রশ্ন করব| পাবলিক আজকাল হেবি খাচ্ছে এগুলো |

রমেন :- না বাঁড়া,ওসব করব না তারপর সারাদিন কোন হিরোইনের ক্লিভেজ দেখা যাচ্ছে; কে বিকিনি পড়ে ইনস্টাগ্রামে ছবি দিচ্ছে , কোন নেতা কাকে খিস্তি দিল, কে কাকে চুমু খেলো সারাদিন এইসব লিখতে হবে বসে বসে। দেখ আমার টেকনিক্যাল নলেজ মোটামুটি ভালই তো ই-কমার্স টাইপের কিছু করতে পারি একটা, বা ফ্রীলান্স এগ্রিগেটের বিজনেস বা জব পোর্টাল টাইপের|

ইন্দ্র :- না না ওসব এগ্রিগেটের বিজনেস ফিজনেস হবে না প্রচুর কম্পিটিটর naukri.com, upwork,freelancer.com | লোকজন এসব ওয়েবসাইটেই যাবে কাজ খুঁজতে আলটিমেটলি.. ই-ইকমার্স ঠিক আছে... হ্যা তাহলে একটা পার্টিকুলার এরিয়া ঠিক করতে হবে ইকমার্সের মধ্যে , মানে একটা নিশ ডোমেইন আর কি ..

কিছুক্ষণ সবাই এক মনে ভাবার পর, হটাৎ করে রমেশ বলে, " লেটস ডু টি-শার্ট মার্চেন্ডাইজিং বিজনেস "

রমেন ভুরু কুঁচকে বলে টি-শার্টের বিজনেস?? হুর ভালো না।

রামিজ রমেন এর কাঁধে হাত রেখে বলে আরে শোন, ট্রাস্ট মি .. ইট ইজ এ ফ্যান্টাসটিক আইডিয়া। তুই তোর নিজের টি-শার্ট টা একবার দেখ। টি-শার্টে একটা সি প্রোগ্রামিং এর কোড লেখা আছে..

এটাতো একটা আনইউজুয়াল টি-শার্ট , তুই এটা কেন কিনেছিস?? বিকজ ইউ লাভ কোডিং, তাই তো?

সেরকম কত লোক আছে কত কিছু ভালোবাসে| কেউ সিনেমা, কেউ গান, কেউ ক্রিকেট-ফুটবল, পলিটিক্স, কত ছেলে মেয়ে কত ডিফারেন্ট সাবজেক্ট নিয়ে পড়াশোনা করে ভাব| প্রত্যেক সাবজেক্টে এর সাথে কত ডিফারেন্ট ডিফারেন্ট ইমোশন্স জড়িয়ে থাকে, ডিফেরেন্ট কোটস, ভ্যারাইটিস অফ লাইনস, ভ্যারাইটিস টি-শার্ট,অনেক বড় মার্কেট সাইজ|

আর তাছাড়া টি-শার্ট তো সবাই পরে.. আর বাবার দৌলতে আমার অনেক গার্মেন্টস ম্যানুফ্যাকচারার এর সাথে চেনা জানা আছে। সস্তায় সিঙ্গেল কালার টি শার্ট ও পেয়ে যাবো। তারপর সেখানে ইন্দ্রর ক্রিয়েটিভিটি- মনের মতো লেখা, ছবি, ট্রেন্ডিঙ্গ কোটস, ডায়লগস অ্যাড করবো। আর টেকনিক্যাল ডিপার্টমেন্ট রামিজের।

আর করতে টাই বা কি এমন হবে???

সিম্পল, টি-শার্ট বেচতে হবে একটা ওয়েবসাইট তৈরি করে;ব্যাস

আর মার্কেটে 'বেওয়াকুফ' ছাড়া কোন বড় কম্পিটিটর ও নেই এই জনার এ।

“তো কেয়া বোলতা হে পাবলিক???”

একজন আরেকজনের দিকে উৎসুক চোখে তাকিয়ে থাকে। আস্তে আস্তে বাকি দুজনের মুখেও হাসি ফোটে, রামিজের হাতের উপর হাত রাখে ওরা দুজন...

রমেন :- ভাই, সবই তো হলো আমি এতক্ষণ তোদের তালে তাল দিচ্ছিলাম কিন্তু বিষয়টা হলো আমি বাঁড়া এখনও শিওর নই যে আমি স্টার্টআপ এ জয়েন করব কিনা... বাবার সাথে আগে কথা বলি, দেখি কি বলে।

ইন্দ্র:- আরে ঠিক আছে, অত চাপ নিসনা | আর বাবাকে অত ভেঙ্গেচুরে সব কিছু এখন বলতে হবে না | দেখনা, আগে প্রথম দুমাস এ কাজ কতটা এগোই | তারপর বলিস , এখন দিনের বেলায় কলেজ কর, পড়াশুনো কর,

আর সন্ধ্যেই তোর মেসে এসে জড়ো হব আমরা |

রামিজ :- এবার চল ওঠা যাক বাড়িতে কথা বল তোরা আজকে, দেখ টাকা পয়সা কি রকম যোগাড় করতে পারিস| সেসব দেখে টেখে নিয়ে দু-তিন দিন পর তাহলে আবার বসছি।

তৃষা ফ্লাটের ছাদে দাঁড়িয়ে আছে, ইন্দ্র গিয়ে পেছন থেকে তৃষাকে জড়িয়ে ধরে ঘাড়ে গালে চুমু খেতে থাকে। তৃষা হাসতে হাসতে বলে

কি হলো হঠাৎ এত আদর কেন ইন্দ্র বাবু? আজকে ক্যাম্পাসিং এর কি হল আপনার? সারাদিন একটা ফোন করার টাইম পেলেনা। ভালো হয়েছে তো ইন্টারভিউ?

ইন্দ্র বলে-

না ভালো হয়নি, পাবোনা জব।

তৃষাকে সামনের দিকে ঘুরিয়ে কাছে টেনে নিয়ে, চোখের ওপর থেকে চুল সরিয়ে ইন্দ্র বলে

" আর চাকরি পেলেও করতাম না, আই রিয়েলাইজড দ্যাট আই হ্যাভ বর্ণ টু বি এন এন্ট্রাপ্রেনার, চাকরি- বাকরি করবো না।

তৃষা :- বাবা!! সন্দীপ মাহেশ্বরীর ভিডিও দেখেছিস নাকি সারাদিন বসে বসে ? হিহিহি।

ইন্দ্র :- ধুর, আরে না ... আমি , রমেন আর রামিজ মিলে ঠিক করলাম আমরা টি-শার্ট মার্চেন্ডাইজের বিজনেস করবো| ওই যে দেখিস না আজকাল ছেলেপিলে সব নানা রকম ডিসাইন এর টি-শার্ট পরে ঘোরে| কোনটাই লেখা “পয়সা নেই”, কোনটাই লেখা “জীবন বরবাদ” বা কোনটাই কোনো অঙ্কের ফর্মুলা লেখা , বা কোনটাই কোনো গান বা সিনেমার লাইন| ওইরকম আর কি.. “বেওয়াকুফ” নামের একটা কোম্পানি আছে জানিস তো? ওরা সবথেকে লার্জ স্কেল এ এই বিসনেস করে|

তৃষা:- ইন্দ্র, প্লিস, আমি সোসিওলজির স্টুডেন্ট বলে এতটাও ব্যাকডেটেড নয় , মার্চেন্ডাইজড টি-শার্ট এর বিসনেস কি সেটা আমি জানি | আমার নিজেরও এরকম অনেকগুলো টিশার্ট আছে, তার মধ্যে তো দুটো তুই-ই দিয়েছিলি আমাকে|

তো তদের আইডিয়াটা তো বেশ ইন্টারেস্টিং... তো ফান্ডিং, ইনভেস্টমেন্ট এসব? এগুলো কথা থেকে আসবে? নিশ্চই দোকান বা ফিজিক্যাল স্টোর দিবিনা তোরা, অনলাইনেই বেচবি|

ইন্দ্র :- দ্যাখ ঠিক করিনি ওসব, ইনিশিয়াল ইনভেসমেন্ট কিছু একটা তো করতেই হবে তিনজনকেই। একদম শুরুতেই আর ইনভেস্টর কোথায় পাব, কিছুটা বিসনেস গ্রো করে গেলে তখন নাহয় ইনভেস্টর খোঁজা যাবে | আপাতত তিনজনেই অন্তত দশহাজার মতো মোট ৩০০০০ মত দিয়ে শুরু করবো ভেবেছি |

উদাস হয়ে পরে ইন্দ্র, কিছুক্ষণ ওপরের দিকে তাকিয়ে ভাবতে থাকে।

তৃষা ঠেলা মেরে বলে কিরে এত কি ভাবছিস?

ইন্দ্র বলে

আমার কাছে তো সেভিংস এ পাঁচ হাজার এর বেশি হবে, না কি করি বলতো তৃষা?

তৃষা :- তোর গার্লফ্রেন্ড আছে কি করতে? তোকে তো বলেছিলাম IELTS দেবো, কানাডাতে মাস্টার্স করতে যাওয়ার জন্য তার জন্য বাবার কাছে টাকা চাইবোই | কিছু টাকা এক্সট্রা চেয়ে নেব স্টার্টআপ এর জন্য।

শুনে ইন্দ্রর চোখটা ছলছল করে ওঠে, বলে

আমার পাশে থাকবি তো স্টার্টআপের সময়?

তৃষা ওর হাতটা ধরে বলে আমি তো প্রমিস করেছি তোকে শুধু স্টার্টআপ কেন, তুই রিক্সা চালালেও আমি তোর পাশে থাকবো।

ইন্দ্র ইমোশনাল হয়ে যায়, প্রথমে তৃষার কপালে চুমু খায় তারপর ঠোঁটে ঠোঁট রাখে তৃষার| আজ আর তবে আগের দিনের পর ইন্দ্রকে আগের দিনের মত ঠেলে সরিয়ে দেয়না তৃষা | দুহাত বাড়িতে ইন্দ্রর ঘাড়ের পেছনে জাপটে ধরে সে, ইন্দ্রকে আরও শক্ত করে টেনে নেয় নিজের দিকে |

রাত ১ টা, ইন্দ্রনীল বাড়ি ঢোকে, বাইরের নীল আলোটা জ্বলছে, কাজের মাসি মালতি দি রান্না করে টেবিল এর ওপর ঢাকা দিয়ে চলে গেছে| ভাত, ডাল, আলুপোস্ত , চিকেন কারী | এত রাতে খেতে আর ইচ্ছে করলনা ইন্দ্রনীল এর| সন্ধেই তৃষার ফ্ল্যাট থেকে ফেরার পথে একটা হোটেলে রুটি চানা মশলা খেয়ে এসেছে| মালতি দির খাবার আজকাল আর খেতে ইচ্ছে করেনা তার, কেমন তেল মশলা ছাড়া, রুগীর পথ্যের মত| অবশ্য রুগীর বাড়িতে তো এরকমই রান্না হবে, সেটাই তো স্বাভাবিক , মালতি দির-ই বা দোষ কোথায়? বাবার সাথে মা এর সেপারেশান এর পর হঠাৎ করেই আলসারেটিভ কোলাইটিস ধরা পরে মা এর , তখন ক্লাস ৯-এ পরে ইন্দ্র| চারপাশটা কেমন যেন অন্ধকার হয়ে যায় তার| অনেক চেষ্টা করেও সারলোনা | আসতে আসতে বিছানা নিল মা | নেহাত প্রভিডেন্ট ফান্ড আর পেনশন এর টাকা

গুলো ছিল মা এর তাই রক্ষা , নাহলে যে কি হত মাঝে মাঝে ভাবে ইন্দ্র| বাবা তখন মরিশাস এ| ইনভেস্টমেন্ট বাঙ্কার বাবা একবারও খোজ নেয় নি মা'র |

ইন্দ্রনীল বাড়ি ঢুকে আস্তে আস্তে মায়ের ঘরে গিয়ে মায়ের মাথার পাশে বসে। মা ঘুমোচ্ছে ,রুমে হালকা একটা নাইট ল্যাম্প জ্বলছে, মায়ের মাথায় গিয়ে হাত বোলায় ইন্দ্র। ওঘরে ঘুমোচ্ছে মা, আজকাল যেন বিছানায় একদম মিশে গেছে মা, দেহের ওজন কমতে কমতে ৩৮ কিলোতে এসে ঠেকেছে| মা কে দেখে চোখে জল চলে আসে ইন্দ্রর | ভাবে একবার ডাকবে, বলবে আজকের সারাদিনের সব কিছু| কিন্তু ইচ্ছে করে না ডাকতে| ঘুমোচ্ছে, ঘুমোক|

রমেন রাতে গ্রামের বাড়িতে বাবাকে ফোন করে, ভেতর থেকে বাবা উৎসুক গলায় জিজ্ঞেস করে

কিরে বাবু, ইন্টারভিউ কেমন হলো?

একটু আমতা আমতা করে কিছুক্ষন ভেবে রমেন বলে

"ভালোই বাবা তবে একটা রাউন্ড একটু খারাপ হয়েছে| জানিনা হবে কিনা চাকরিটা, বুঝতে পারছি না ,টেনশন হচ্ছে।"

বাবা :-টেনশন করিস না বাবু, তুই ভালো ছেলে, কিছু না কিছু পেয়ে যাবি ঠিক। সরকারি চাকরির জন্য পড়ছিস তো মন দিয়ে? ওটাই কিন্তু আসল, একবার ঠাকুর ঠাকুর বলে লেগে গেলে না...

রমেন একটু উদ্বিগ্ন হয়ে বলে বাবা একটা কথা বলার ছিল

- হ্যাঁ ,বল না

রমেন কিছুক্ষন চুপ করে ভেবে নিয়ে বলে

"না থাক পরে বলবো, পাশের রুম এর দাদা ডাকছে একটু, যাই শুনে আসি| তুমি ঘুমাও, রাত হয়েছে।"

বাবার ফোনটা রেখে রমেন পাশের রুমের দরজায় গিয়ে নক করে দরজা ঠেলে জিজ্ঞেস করে

দীপ্ত দা আসব?

ভেতরে একটা চশমা পরা আঁতেল মার্কা ছেলে কানে হেডফোন দিয়ে অদ্ভত ভাবে নাচছে| এত জোরে জোরে গান বাজছে যে হেডফোন এর বাইরে থেকেও মিউজিক শোনা যাচ্ছে | একটু খ্যাপাটে টাইপের ছেলেটা| এলোমেলো

চুল | নাচতে নাচতেই দীপ্ত জবাব দেয় -

- আয় আয়,বল কি হয়েছে?

রমেন পুরো ব্যাপারটা দীপ্তকে বলে। আজ সকাল থেকে যা যা হয়েছে সব কিছু খুলে বলে | দীপ্তদাই তার শেষ আশা| জীবনে যতবারই কোনো কনফিউশন এ পড়েছে রমেন সোজা দীপ্ত দার কাছে চলে গেছে| কখনো খালি হাতে ফিরতে হয়নি ওকে| দিপ্তদার নাকি ব্যারাকপুর এ বাড়ি, এত কাছে বাড়ি তবু কখনো তাকে বাড়ি যেতে দেখেনি রমেন | মাঝে মাঝেই দীপ্ত বলে মেস ছেড়ে চলে যাবে| কোথায় যাবে , কেনো যাবে সেসব কিছু বলে না| কখনো বলে মুম্বাই, কখনো বলে চেন্নাই যাবো...

রমেন ভয় পায় দিপ্তদাকে হারানোর, বাবার পরে পর এতটা কাছের কেউ হলে সেটা দীপ্তদা | বাবা ছোটবেলায় বলেছিল, জীবনে কিছু মানুষ আসবে এমন যারা তোকে নতুন পথ দেখাবে, বেশ কিছুদূর এগিয়ে নিয়ে যাবে তোকে| তবে এরা কিন্তু বেশিদিন থাকবেনা| তাই যতটা সময় পারবি এদের সাথে কাটিয়ে নিবি |

সবকিছু বলার পর খুব গম্ভীর মুখে রমেন দীপ্ত কে জানায়

বুঝতে পারছি না গো বাবা কে কি করে বলবো!! সাহস হচ্ছে না মিথ্যে কথা বলার | জিজ্ঞেস করছে যে গভমেন্ট জব এর প্রিপারেশন কেমন চলছে কি বলবো বলো না??

দীপ্ত অদ্ভূত ভাবে নাচতে নাচতে জিজ্ঞেস করলো তোর বাবা কি করেন যেন ?

রমেন :- বাবার একটা মুদিখানার দোকান আছে গ্রামে আর মা ছোটবেলায় মারা গেছে|

দীপ্ত:- বাহ্ সেরা তো!! মুদিখানার দোকান, মানে বিজনেস তো তোর রক্তে। তো বাওয়া, এবার তুমি বলতো যে স্টার্টাপে কি তুমি ইন্টারেস্টেড? মানে সত্যিই কি করতে চাও সেটা ? নাকি গভমেন্ট জব এর ১০০০ টা সিট এর পেছনে 15 লাখ ক্যান্ডিডেটের একজন হতে চাও?

রমেন :- নাহ!! স্টার্টআপে ইন্টারেস্টেড ডেফিনেটলি কিন্তু জব তো ইমপরটেন্ট, তাইনা? জব গিভস ইউ স্টেবিলিটি, এ সিকিউর লাইফ।

দীপ্ত রেগে গিয়ে বলে

এই চুপ করতো বাঁড়া, এইসব পাড়ার কাকিমা দের মতো ডায়লগ মারতে হলে আমার ঘরে আসবি না। যা গিয়ে পানু দেখে হ্যান্ডেল মার।

রমেন :- না না রাগ করছ কেন... টেন্সড আছি বলেই তো তোমার কাছে এলাম, কি বলব বাবাকে বলো না?

আরে বাঁড়া কি আবার বলবি, বল যে গভারমেন্ট জব এর প্রিপারেশন ভালো চলছে। স্টার্টআপ করলেতো প্রিপারেশন তোকে তো বন্ধ করতে হচ্ছে না। প্রিপারেশন -ও নে। প্যাশন প্রফেশন দুদিক ব্যালেন্স কর... লোকজন 12 ঘন্টা আইটি সেক্টরে জব করে বাড়ি এসে পড়ে ইউপিএসসি ক্লিয়ার করে দিচ্ছে আর তুই পারবি না? দেখ এতো চাপ খাচ্ছিস কেন??? তোর তো হারানোর কিছু নেই , তুই চাকরিও পাসনি ক্যাম্পাসিং এ। বিজনেস স্টার্ট করবি ভেবেছিস, গভমেন্ট জব এর প্রিপারেশন করছিস| এছাড়া কোনো আদার রেসপন্সিবিলিটি নেই, বিন্দাস লাইফ তো। আর এক বছর দেখ, না হলে আবার পুরোদমে প্রিপারেশন নিবি। এক্সপেরিয়েন্সিং নিউ থিংস আর ভেরি ইম্পরট্যান্ট ইন লাইফ, আরে কে বলতে পারে তুই হয়তো নেক্সট ঋতেশ আগারওয়াল, বা কুনাল শাহ বা সচিন বন্সাল | এদের নাম শুনেছিস তো ?না শুনলে ইমিডিয়েটলি গুগল কর।

না আমি শুনেছি, রমেন বলে|

দীপ্ত :- শোন একটা কথা বলি.. লাইফে বড় কিছু করার জন্য সব সময় সবাইকে সবটা সত্যি না বলাই ভালো , তবে মিথ্যে বলিস না।

এটা বলে দীপ্ত আবার নাচতে থাকে, রমেন হতভম্ব হয়ে দাঁড়িয়ে থাকে কি বলবে বুঝতে পারে না|

নাচতে নাচতেই দীপ্ত বলে “ভাবো ভাবো , বাঙালি , ভাবা প্র্যাকটিস করো | আমার তো কিছু হল না তোমরা ভাবলে কাজ হবে, যা পালা!

১০টা বাজে , গলিত অন্ধকার হয়ে গাছে এরমধ্যেই | আগে অনেক লোকজন থাকত পাড়ায় এই সময় | পুরনো মসজিদের সামনে সন্ধে হলেই আড্ডার আসর বসত| আজকাল কেমন যেন সব নিঝুম হয়ে গেছে| শুধু ৯ টা বাজলেই দূর থেকে হাওয়ার সাথে কেমন একটা গন্ধ ভেসে আসে, সাথে যেন কার একটা কান্নার আওয়াজ | এক মিহি সুরে যেন কেউ কাউকে ডাকছে | আজকে বাইক রেস নেই, তিন দিন আগে বাইক টা দোকানে সরাতে দিয়েছে রামিজ , ক্লাচটা গন্ডগোল করছিল | বাড়ি ফিরতে আজকাল আর ইচ্ছে করে না তার | রোজ রোজ এই অশান্তি, বাবা মা এর মধ্যে এই মারামারি সে নিতে পারে না | আজ বাড়ি ঢুকছে রাত ১০ টাই | রমেন বাড়ি ঢুকতে ঢুকতেই ওর

বাবার চিৎকার শুনতে পায়, আবার মদ খেয়ে এসেছে বাবা আজকে | মা বাইরের ঘরে একটা সেলাই মেশিনে বসে কাজ করছিল |

হঠাৎ বাবা টলতে টলতে ভেতরের ঘর থেকে বেরিয়ে এসে গালাগালি দিতে দিতে মাকে ভেতরের ঘরে নিয়ে যায় চুলের মুঠি ধরে। বাইরের ঘরের মায়ের ফাঁকা টুলটা তে গিয়ে রামিজ বসলো।

রামিজ ভাবতে থাকে যে বাবাকে আর না বললেও চলবে ;

বাবার ওর স্টার্টআপের ব্যাপারে জেনে কোন লাভ নেই|

একটা ট্রলি শট এখানে, ঘরের দরজা থেকে শুরু হয়ে রামিজের ক্লোজ-আপ

3

ছোট্ট ছোট্ট পায়ে চলতে চলতে ঠিক

তিনদিন পর ওরা আবার দেখা করে রমেনের মেস এ | তিনজনেই সাথে টাকা নিয়ে এসেছিল , মানে যার পক্ষে যতটা সম্ভব আর কি | তিনজনে রমেনের বিছানার ওপর ভাগের নিজেদের টাকাটা একসাথে করে| রমেন দেয় দশ হাজার , ইন্দ্র দিলো পনেরো হাজার আর রামিজ দশ হাজার । যদিও ইন্দ্রর পনেরো হাজার এর মধ্যে ১০ হাজার তৃষার দেওয়া | নাহ, তবে তার তারজন্য কোম্পানির কোনো শেয়ার চাইনি সে | টাকাটা মাঝখানে রেখে তিন জনে হাত মেলায়।

ধরুন আবার সেই অদৃশ্য ক্যামেরাটা আছে ঘরের মধ্যে | তিনজনের হাতের একটা ক্লোজাপ শট , অফ ফোকাস এ টাকাগুলো |

ধরুন এবার একটা গান শুরু হচ্ছে , কি গান? সেটা বেছে নেওয়ার দায়িত্ব আপানদের ওপর ছেড়ে দিলাম ; গানটা "kar har maidan fateh" -র মত কোনো মোটিভেশানাল গান হতে পারে বা "apna time aayega"-র মত কোনো র‍্যাপ হতে পারে| ধরুন এরপর মিউসিক ভিডিওর মত কিছু সিন এর কুইক মনটাজেস চলছে |

ওরা তিনজন সেজেগুজে রাস্তায় দাড়িয়ে হাত দেখিয়ে অটো দাঁড় করায় ,অটোতে উঠে বসে ।

কলেজ স্ট্রিটে গিয়ে বিভিন্ন দোকানে ঘুরছে.. বইপত্র নাড়াচাড়া করে,এক দোকান থেকে আরেক দোকানে ঘুরতে থাকে, তারপর কোন দোকানে খেয়ে,কলকাতায় কিছু চেনাজানা জায়গায় ঘুরে বেড়ায়। বিজনেস, ম্যানেজমেন্ট,মোটিভেশন রিলেটেড কিছু বইপত্র কিনে রমেনের মেসে ফেরে ওরা | রমেন এর মেস এর রুমে IBPS, SSC-র বইগুলোর পাশে ওই নতুন বইগুলো সাজিয়ে রাখে। কখনো রুম এ ঘুরে ঘুরে, কখনো চায়ের দোকানে বসে নিজেদের মধ্যে ডিসকাশন করতে থাকে ওরা,কখনও রাস্তা দিয়ে হাঁটতে হাঁটতে রমেন কোনো সুন্দরী মেয়ের দিকে তাকায় ঘুরে, ইন্দ্র আর রামিজ ওকে নিয়ে খিল্লি করে, অটো দিয়ে মুখ বার করে রামিজ ঘাড় ঘুরিয়ে দামি দামি গাড়ির দিকে তাকায়, আর চোখের ইশারায় বাকিদের বুঝিয়ে দেয় যে ওরাও যেদিন বড় বিসনেস ম্যান হবে , যেদিন ওদের স্টার্টআপ এর টার্ন ওভার কোটি পেরোবে সেদিন ওরাও এই গাড়ি গুলোর মধ্যে একটা কিনবে | দামী ব্লেসার, দামী ঘড়ি আর চকচকে জুত পরে ইনস্টাগ্রাম এ ছবি দেবে ওরা **#entrepreneur's life .**

গান প্রায় শেষের দিকে চলে এসেছে ধরে নিন, লিরিক্স শেষে শুধু এন্ড মিউসিক পার্টটা বাজছে...

একজন চাটার্ড একাউন্টেন্ট এর অফিসের সাজানো গোছানো চেম্বারে তার সাথে মিটিং করছে ওরা তিনজনে |

ধরে নিন , প্রথমে একটা টপ ভিউ থেকে এস্টাবল্লিশিং শট আর তারপর কাট টু ক্লোজাপ | আর দুটো ওভার দ্য সোল্ডার শট|

তার পরের সিনে হাতে ফাইল নিয়ে বেরিয়ে আসছে ওরা ব্যাঙ্ক ম্যানেজারের সাথে লোন এর ব্যাপারে মিটিং সেরে| তবে মুখ দেখে মনে হচ্ছেনা ওদের যে মিটিং খুব একটা ফলপ্রসূ হয়েছে বলে |

যাইহোক, গান শেষ হয়ে আসছে বলে চাটার্ড একাউন্টেন্ট আর ব্যাঙ্ক ম্যানেজার এর সাথে মিটিং এ ওদের কি কথাবাত্রা হলো সেগুলো আর গল্পে রাখলাম না| আর রেখেই বা কি হবে ওসব, সেই টাকা পয়সা নিয়ে একঘেয়ে কচকচানি | না ওগুলো লিখতে আমার খুব একটা ভালো লাগবে, না আপনাদের পড়তে খুব একটা ভালো লাগবে | আর না তো ওই কথাগুলো ওদের তিন জনের খুব একটা ভালো লেগেছে , তো বাদ দি বরং |

এবার ওরা পুরো মাত্রায় ওই যাকে বলে স্টার্টআপ-এ অবসেসড হয়ে গেছে | রমেনের মেসের রুম এ আবার এসে জড়ো হয়েছে তিনজন | সারা মেসের রুমে প্রচুর বইপত্র ছড়ানো ; নায়ক সিনেমায় উত্তম কুমারের চারপাশে যেমন টাকা উড়ছিল এখানেও যেরকম একগাদা কাগজ উড়ছে ওদের চারপাশে | ওদের এতদিনের যা রিসার্চ ,পড়াশুনো সবকিছু থেকে জড়ো করা নোটস ওই কাগজের মধ্যে | খাতা,ডায়েরী , নোটবুক খোলা | ওরা কেউ ফিনান্সিয়াল এক্সপ্রেস নিউজ পেপার পড়ছে ,কেউ নিফটির ওয়েবসাইট খুলে আজকের শেয়ার এর ওঠানামা দেখছে , কেউ একমন দিয়ে মানিকন্ট্রোল ইন্ডিয়ার ওয়েবসাইট দেখছে খুঁটিয়ে খুঁটিয়ে | এগুলোর সাথে যদিও ওদের ব্যবসার সরাসরি কোনো সম্পর্ক নেই, তবে কেউ নাকি ওদের বলেছে যে কোনো কিছু হবার আগে তোমাকে মনে করে নিতে হবে তুমি সেটা হয়ে গেছ| আর সেটা যেন তোমার রোজকার কাজকর্মের মধ্যে দেখা যাই | তোমার হাবভাবে যেন সেটা ধরা পরে |

যাইহোক,কেউ কেস স্টাডি পড়ছে, কেউ ইউটিউব খুলে দেশ বিদেশের বিভিন্ন স্টার্টআপ জার্নির সাকসেস এন্ড ফেইলিওর এর ভিডিও দেখতে দেখছে |

ধরে নিন, খুব কুইক মুভ করছে ক্যামেরা এখানে ;

হ্যান্ডহেল্ড শট আর শেষে খোলা পাতাগুলো উড়ছে ...

১২০ ফ্রেম পার সেকেন্ড

হোয়াইটবোর্ড এ ইন্দ্র বেশ কিছু কমন বিজনেস টার্মস লেখে.. প্রফিট,লস, সাপ্লাই, ডিমান্ড, সীড ফান্ডিং, এঞ্জেল ইনভেস্টর, একুইটি,বিজনেস মডেল। ল্যাপটপ খুলে রামিজ মেইল করছে ইনভেস্টর দের, ইন্দ্র ফটোশপ, ইলাস্ট্রেটর খুলে টি-শার্ট ডিজাইন করছে ইন্দ্র ।

ধরে নিন এখানে গানের শেষে একটা থিম মিউসিক বাজছে, ওই মোটিভেটিং ব্যাকগ্রাউন্ড মিউসিক গুলো যেমন হয় আর কি ...

মিউসিক শেষ...

লাস্ট ফ্রেমে ইন্দ্র

বোর্ডের মধ্যে B2c, b2b, c2c, c2b, d2c... এই ৫ টা টার্ম লিখে ইন্দ্র d2c তে টিক দিলো।

স্লো ট্রানজিসান ..

নেক্সট ফ্রেমে ধরে নিন একটা মাস্টার শট, ফেড ইন হচ্ছে আস্তে আস্তে

তিনদিকের তিনটে চেয়ার এ মুখোমুখি বসে আছে তিনজন |

রমেন :- ভাই এবার তো একটা নাম ডিসাইড করতে হবে কোম্পানির,কি নাম দেওয়া যায় বলতো??

রামিজ:- হ্যা,শুধু যেকোনো নাম দিলেই তো হবে না, তার একটা ঠিকঠাক নাম থাকতে হবে, আমাদের বিজনেস এর সাথে যাচ্ছে এরকম হতে হবে

ইন্দ্র :- হ্যাঁ যেটা শুনলে টি-শার্ট বিজনেসের কথা মাথায় আসবে লোকের

রমেন :- হুর... বেওয়াকুফ বললে তো গান্ডু মাথায় আসে তাই বলে ওরা সাকসেসফুল নয়?

সবাই একে অপরের দিকে তাকিয়ে হাসতে থাকলো

রমেন :- ভাই, টি-হাব কেমন হবে ???

ইন্দ্র :- না না ওসব হাব টাব ফিজিক্যাল স্টোরের জন্য ঠিক আছে। ই -কমার্স বিজনেস এর জন্য ভালো না

রামিজ:- আচ্ছা, চল একটা কাজ করি ‘বেওয়াকুফ’ এর বাংলা কনভার্শন করে গান্ডু রেখে দিই নাম, হেঃ হেঃ হেঃ

রমেন বিরক্ত হয়ে বলে হুর, চ্যাংড়ামি মারিস না, তোর সব কিছুতেই ইয়ার্কি।

ইন্দ্র :- আচ্ছা, ‘হৃদমাঝারে’ নামটা কেমন?

রমেন:- না না, এসব বাংলা নাম দিস না পরে অল ওভার ইন্ডিয়া বিজনেস এক্সপান্ড করতে অসুবিধা হবে

ইন্দ্র:- আচ্ছা, টি -জোন রাখি তাহলে একটা টি-শার্ট এর ব্যাপার আছে...

রমেন:- ধুর.... চায়ের দোকানের মতো শুনতে লাগছে

ইন্দ্র বলে তাহলে টি-স্পট কেমন হবে?

রামিজ হাসতে হাসতে বলে বাঁড়া এটা তো জি-স্পট এর মতো শুনতে লাগছে

কিছুক্ষনের জন্যে চুপ করে যায় তিনজনে...আপসেট হয়ে মুখে চোখে হাত বুলায় রমেন

রামিজ :- আচ্ছা,বেশ... তোরা যখন টি-শার্ট রিলেটেড ওয়ার্ড রাখতে চাইছিস তখন টি-ফর্মেশান রাখ..মানে ওই রিফর্মেশন এর একটা ডিসটরটেড ফর্ম।

রমেন রামিজ এর পিঠে মেরে বলে সাব্বাস গুরু!!!ফাটিয়ে দিয়েছো, দারুন নাম..টি-ফর্মেশন...বেশ একটা রিফর্মেশন রিফর্মেশন ব্যাপার আছে

ইন্দ্র :- হ্যা, একটা নতুন রিফর্ম আনবো আমরা মার্কেটে... কেউ আর ক্যাসুয়াল টি-শার্ট পড়বে না। সবাই দেখবি বাঁড়া মার্চেন্ডাইজড টি-শার্ট পরে

ঘুরছে হাহাহাহাহা

রমেন :- হ্যা হ্যা, তালে ওটাই থাক,ফাইনাল।

সিন এ নতুন ক্যারেক্টার ...

মালতি দি এসে কফি দিয়ে গেল তিনজনকে | ফেব্রুয়ারির দুপুর, হালকা রোদ এসে পরেছে ঘরের মধ্যে |

আশেপাশে পাখির হালকা আওয়াজ , দূর এর মেন রোড থেকে আসা গাড়ির শব্দ, লো ডেসিবেল এ শোনা যাচ্ছে , আর পাশের কোনো স্কুল থেকে বাচ্চাদের হালকা কিচিমিচি , আর ঘন্টা পরার শব্দ |

আবার নতুন কারেক্টার এন্ট্রি নিল ঘরে , তৃষা |

তৃষা ঘরে ঢুকেই সোফায় ইন্দ্রার পাশে বসে পড়ল...

তৃষা:- তারপর বন্ধুগণ, কাজ কতদূর এগোলো তোমাদের? আজকে নাকি নাম টাম ঠিক করার ছিল কোম্পানির , সেসব পর্ব সমাপ্ত?

রমেন:- হ্যাঁ , সেটাই তো চলছিল এতক্ষণ ধরে |

তৃষা:- কি, ঠিক হলো?

রমেন :- টি-ফর্মেশান

তৃষা:- বাঃ, গুড নেম গাইস

ইন্দ্র :- ওকে নেম ডিসাইডেড। নাউ উই হ্যাভ টু ডিসকাস দা টু- ডু লিস্ট এন্ড আপকামিং স্টেপস| দুমাস ধরে আমরা প্রচুর পড়াশোনা করেছি। ইন্দ্র হাতে হোয়াইটবোর্ডটা তুলে নেয়, তারপর একটা করে স্টেপ বলতে থাকে

ইন্দ্র :- ফার্স্ট,উই হ্যাভ টু মেক ট্রেড লাইসেন্স। না হলে আমরা কোন অফিস এড্রেস রেজিস্টার করতে পারব না। তার জন্য আমাদের লোকাল মিউনিসিপ্যালিটি যেতে হবে। তারপর , কোম্পানি রেজিস্ট্রেশন করতে হবে...

ওটা নিয়ে চাপ নেই। ওটা সেদিন যে chartered accountant এর সাথে কথা বললাম উনি করে দেবেন | PAN, TAN, DIN no., GST রেজিস্ট্রেশন আরো কত কি বলছিল সব সেদিন...

আমরা তাহলে LLP হিসাবে রেজিস্টার করব নাকি প্রাইভেট লিমিটেড? কতজন শেয়ার হোল্ডার হচ্ছে তার ওপর ডিপেন্ড করছে সেটা যদিও...

রমিজ :- হ্যাঁ , তৃষা এসেছে ভালই হয়েছে, খোলাখুলি আলোচনা করে নেওয়াই ভালো|

রমেন:- হ্যাঁ, সবার সামনেই সবটা কথা হয়ে যাক | দেখ, তৃষা, আমরা জানি যে তোর কত টাকা ইনভেস্টমেন্ট আছে এখানে, তো তার বেসিস এ কি

তুই কোনো পারসেনটেজ চাইছিস?

তৃষা :- অফকোর্স না, আমি এসব ব্যবসার কিছু বুঝিনা | আমি শুধু তোদের পাশে আছি সবসময় | আমি যে টাকাটা তদের দিয়েছি, সেটা শুধু তোদের সময় মত তোরা ফেরত দিয়ে দিস তালেই হবে | আমার শেয়ার নিয়ে তদের কিছু ভাবতে হবেনা , আর কোনো ছোটখাটো কিছু যদি করতে হয় আমাকে বলিস, মানে প্রমোশনাল কাজকর্ম কিছু, বা কোনো লেখালেখি , আঁকাআঁকি এসব আর কি, মানে যেগুলো আমি পারব আর কি, বলিস আমি করে দেব |

রমেন :- ঠিক আছে | তবে আমার মত হলো প্রাইভেট লিমিটেড হিসেবেই রেজিস্টার করানো | তাতে খরচ একটু বেশি পড়বে ঠিকই কিন্তু একটা সেপারেট বিজনেস এনটিটি থাকা দরকার | তাছাড়া পরে ব্যাংক থেকে লোন নিতে বা ট্রেড লাইসেন্স করাতে বা ফান্ডিং পেতে সুবিধা হবে অনেক।

ইন্দ্র :- ওকে... তাহলে এবার কোনো উকিল কে দিয়ে লিগাল ডিড বানিয়ে আমাদের পার্টনারশিপ ফর্মে সাইন করতে হবে

রামিজ :- হ্যা,ইনভেস্টমেন্ট এমাউন্ট অনুযায়ী ইন্দ্রর ৪০%, রমেন আর আমার ৩০% করে শেয়ার থাকবে।

ইন্দ্র:- দেখ, প্রথম থেকেই আমরা একটা জিনিস ডিসাইড করে নি । যে কে বিজনেসের কোন দিকটা দেখবে?

রামিজ :- হ্যাঁ সেটা তো আগে থেকেই ঠিক হয়ে আছে। রমেন টেকনিক্যাল দিকটা পুরোটা দেখবে, তুই ডিজাইন পার্ট টা দেখবি মানে ক্রিয়েটিভ সাইট এন্ড প্রোডাকশন কোয়ালিটি, আর আমি সেলস এন্ড মার্কেটিং।

রমেন :- হ্যা,আগে থেকে এটা ক্লিয়ার করে রাখা ভালো যাতে কেউ কারোর ডিসিশন এ ইন্টারফেয়ার না করে।

ইন্দ্র :- এক কাজ কর রমেন, আমাদের তো এখন কোন লিগাল ডকুমেন্ট নেই তো একটা সাদা কাগজে কোম্পানির নাম, কার কত ইনভেস্টমেন্ট আর কে কোন দিকটা দেখবে, কি কি কাজ করবে সেটা টাইপ কর । তারপর তিন জনে সাইন করি ওটাতে, যাতে পরে নিজেদের মধ্যে ক্ল্যাশ না হয় কোন।

রমেন সেইমতো একটা সাদা কাগজে লিখে ফেলল, তারপর তিন জনে সাইন করে ফেললো।

ইন্দ্র :- আচ্ছা, হলো তালে। ধরে নে রেজিস্ট্রেশন না হওয়া অবধি এটাই আমাদের ডিড। এটাকে লেমিনেশন করিয়ে নেবো।

রামিজ :- ডিড, রেজিস্ট্রেশন এইগুলোর আগেও ইমিডিয়েটলি আমাদের অনলাইন প্রেসেন্স বানাতে হবে যেহেতু ই-কমার্স বিজনেস। কোম্পানির ওয়েবসাইট, অফিশিয়াল লোগো, অফিসিয়াল মেইল সব বানাতে হবে।

রমেন :- আচ্ছা, তালে ঝম করে লোগো টা বানিয়ে ফেলি। অ্যাডোব এক্সপ্রেস থেকে অনেকগুলো লোগো তৈরি করে ওখান থেকে একটা ডিসাইড কর।

ইন্দ্র :- গ্রেট তারপর, ওয়েবসাইটটা বানানো স্টার্ট করতে হবে|

রমেন :- হ্যাঁ,কিন্তু দেখ... ওয়েবসাইট যদি এখন full-stack ডেভলপমেন্ট করতে যাই, মানে ধর ফ্রন্ট এন্ড,টেস্টিং, ব্যাক -এন্ড পুরোটা আমাকে করতে হয়ে,তাহলে খুব চাপ হবে।

মানে যদি ধর পিএইচপি, জাভাস্ক্রিপ্ট, MySQL ইউজ করে ওয়েব সাইট বানালাম, বা ধর যদি পাইথন এ ফ্রন্টের কাজ করে ব্যাকএন্ডের কাজ Django তে করলাম ,দুটোই কিন্তু অনেক time-consuming. তার ওপর আমাকে একটা সবটা করতে হবে। বাগস আসতে পারে, এক্সেপশন আসতে পারে, বারবার ডিবাগ করতে হবে, কনসোল করতে হবে... তো অনেক ঝামেলা ভাই।

ইন্দ্র :- দেন, লেটস স্টার্ট উইথ ওয়াডপ্রেস ফর নাও। godaddy বা এরকম কিছু তে সাইট টা বানিয়ে নি, ওরা হোস্টিং সার্ভিস নিলে ডোমেইন, বুসিনেস মেইল এগুলো ফ্রি দেয় | পরে বিজনেস স্কেল আপ হলে তখন না হয় ফুল টেকনিক্যাল টিম হায়ার করে অন্য কিছু করা যাবে।

রমেন :-কিন্তু SSL সার্টিফিকেট ইস মাস্ট। এমন ওয়েবসাইট থেকে ডোমেইন ও হোস্টিং কিনবি যারা এসএসএল (SSL) সার্টিফিকেট প্রোভাইড করে।ওয়েবসাইটে কাস্টমাররা পেমেন্ট করবে ভাই সেখানে সিকিউরিটি ফার্স্ট।

ইন্দ্র :- আর রামিজ,সোশ্যাল মিডিয়ার রেস্পন্সিবিলিটি তোর। ফেসবুক, ইন্সটা, টুইটার পেজ বানা | সেগুলোতে কিছু টি-শার্টের ছবি প্রিন্ট করিয়ে আপলোড করতে থাক... মার্কেটিং টাই আসল, ভাই...কি আসল???

রামিজ :- মার্কেটিং টাই আসল..আর মার্কেটিং ই না শুধু, আমাদের সেলস প্রসেস ও ভালো করে শিখতে হবে, কোল্ড কলিং করা, কাস্টমার ফলোআপ, ডেমোগ্রাফি টার্গেট অডিয়েন্স ডিসাইড করা, পিয়ার(PR) ক্যাম্পেইন, সোশ্যাল মিডিয়া প্রমোশন এগুলো সব শিখতে হবে এক এক করে।

ইন্দ্র :- হ্যাঁ সবসময় মনে রাখবি গুরু বলেছে " Learning to sell is like learning to swim. They are both learnt by doing, not by reading books".... বলে একবার কোনো এক অজ্ঞাত গুরুর উদ্দেশ্যে মাথায় হাত ঠেকিয়ে প্রণাম করে নিলো রামিজ..

তিনজনে একসাথে হেসে ওঠে।

ইন্দ্র :- হ্যাঁ ভাই, তবে কোন ডেলিভারি স্টার্টাপের সাথে বা লজিস্টিকস এর রেজিস্টার করে এখন লাভ নেই। এই সোশ্যাল মিডিয়া প্রমোশন থেকে প্রথম দিকে যা অর্ডার আসবে সেগুলো আমরা নিজেরাই ডেলিভারি করবো তাহলে ওই টাকাটা বেঁচে যাবে , বাইক তো আমাদের দুজনেরই আছে | শুধু ডেলিভারি করার সময় কোম্পানির নাম আর লোগো বসানো টিশার্ট পরে যাব, তাতে একটা প্রফেশনাল ফিল আসবে| আর ফার্স্ট এ সব ক্যাশ অন ডেলিভারি রাখবো, ট্রাস্ট বিল্ড হবে তাতে। লোকজন অচেনা ওয়েবসাইট এ প্রথমেই ব্যাঙ্ক ডিটেলস দিয়ে পেমেন্ট করতে ভয় পাই, যা সব চলছে আজকাল চারিদিকে অনলাইন পেমেন্টের নামে |

ইন্দ্র দেওয়ালে ঝোলানো হোয়াইট বোর্ডে রাইট সাইডে টার্গেট অডিয়েন্স,লেফ্ট এ ফেসবুক/ ইনস্টা ফলোয়ার্স, লাইক এন্ড শেয়ার কাউন্ট লিখলো। মাঝখানে লেখা

" আওয়ার গোলস "

তার নিচে do's and don'ts, একেবারে নিচের দিকে লিখল ডিজাইন ক্যাটাগরিজ...

তারপর অনেকগুলো ক্যাটাগরি লিখে তার মধ্যে একটাতে টিক মারে । পাশে কস্ট প্রফিট পার্সেন্টেজ।

এবার. এখান থেকে এই পুরো কনভারসেশান সিনটা একটা প্যারালাল এডিটিং-এও চলতে পারে

মানে সিনের শুরুতে ওরা নিজেদের মধ্যে আলোচনা করছে , কাট টু ভিজুয়াল এ চলছে ওরা রিয়েল লাইফ এ সেগুলো পারফর্ম করছে, আর ব্যাকগ্রাউন্ডে ওদের ভয়েস-ওভার চলছে | ইন্দ্র কোম্পানির লোগো বানাচ্ছে , রমেন ল্যাপটপ খুলে ওয়েবসাইট বানচ্ছে , উকিল কে দিয়ে ডিড বানচ্ছে কোম্পানির | মানে যেরকম সিনেমায় দেখায়, ওই কোর্ট এর বাইরে একগাদা কালো কোর্ট পরা উকিল বসে আছে, চারিদিকে গাদাগাদি ভিড়, ওরা যেতেই কয়েকজন উকিল ওদের ছেঁকে ধরল , তারপর কাঁচের গ্লাস এ দুধ চা খেতে খেতে একটা উকিল কাঠের চেয়ার এ বসে ওদের ডিড টা টাইপ করছে

খাটাখাট করে |

একটা টেন্সড ব্যাকগ্রাউন্ড বাজছে পুরোটা জুড়ে | গিটারের A মাইনর এর সাথে ড্রামস এর একটা কম্বিনেশন মিউসিক চলতে পারে |

সিন ডিসলভ হয়ে যাবে ; নেক্সট সিন আবার রমেনের মেসের ঘর, ছোট্ট একটা এস্তাবলিশিং শট,তার পরেই ইন্দ্রর ক্লোস –আপ ...

ইন্দ্র বোর্ডে লেখা ডিজাইন ক্যাটাগরির দিকে দেখিয়ে বলে দেখ, ফার্স্ট এ আমাদের এই ক্যাটাগরিগুলো থেকে দশটা নিউ এক্সক্লুসিভ টি-শার্টের ডিজাইন চুস করতে হবে। সেগুলো প্রিন্ট করে আমাদের ওয়েবসাইটে দিয়ে সেগুলো প্রমোট করতে হবে | খেয়াল রাখতে হবে ডিজাইনগুলো; টি শার্ট এর উপরের লেখাগুলো খুব কেয়ারফুলি চুস করতে হবে ওগুলোই কিন্তু USP আমাদের..

রামিজ :- হ্যাঁ তারপরে কিছু লোকাল প্রমোশন করতে হবে, এই যেমন ধর লিফলেট বিলি করা, দেয়ালে ছোট ছোট পোস্টার লাগানো |

রমেন:- আচ্ছা একটা ইউটিউব চ্যানেল করলে কেমন হয়? ছোট ছোট অ্যাড ফিল্মের মত বানিয়ে শটস আপলোড করবো.. মানে প্রফেশনাল নয় ওই আর কি নিজেদের মত করে। ক্রিয়েটিভ ভাবে কিছু ভিডিও বানিয়ে

ইন্দ্র :- হ্যাঁ যেমন ধর... রাস্তায় গিয়ে রেন্ডম লোক জন কে জিজ্ঞেস করব তার কি রকম টি-শার্ট পরতে ভালো লাগে? কিরকম ডিজাইন পছন্দ? তারপর নিজেদের প্রোডাক্ট, নিজেদের ডিজাইনের ব্যাপারে জানাবো তাদের এরকম কিছু...

রমেন :- হ্যা হ্যা,এরকম কিছু একটা বলছিলাম

রামিজ :- হ্যা করলেই হয়ে...আমি আমার ল্যাপেল মাইক নিয়ে আসবো। আগের বছর কিনেছিলাম বাইক নিয়ে ট্রাভেল ব্লগ করব বলে কিনেছিলাম। এবার ভাবছি ওগুলো দিয়েই টিশার্ট ব্লগ বানাবো | নতুন নতুন টিশার্ট পরে রাস্তায় ঘুরে ঘুরে "হেই গাইস ,হেই গাইস" করব..হাহাঃ

ইন্দ্র :- সবথেকে ভালো হতো যদি 'বেওয়াকুফ' এর মত কিছু ফিল্মের প্রোডাকশন হাউজের সাথে কোল্যাব করা যেত যে ওদের আপকামিং ফিল্ম এর ভালো ভালো ডায়লগ গুলো আমরা আমাদের টি-শার্টের প্রিন্ট করতে পারি এক্সক্লিউসিভলি।

রমেন :- আরে দাঁড়া তুই বেশি এক্সাইটেড হয়ে যাচ্ছিস; আস্তে আস্তে এগো, হবে হবে আস্তে আস্তে সব হবে এগুলো। দেখবি একদিন তোর ফেভারিট হিরোইন রিনা আমাদের ব্র্যান্ড ambassador হবে হাহাহা।

ব্যাস, অনেক কথা হলো, লেটস গেট ব্যাক টু ওয়ার্ক ;

এরপর থেকে ওরা তিনজন যেন স্টার্টআপ জোনের মধ্যে চলে যায় ; সামনের রাস্তাটা যেন এখন অনেকটা পরিস্কার ওদের কাছে |

ইন্দ্র একটা ল্যাপটপ নিয়ে তাতে কিছু টি -শার্ট ডিজাইন করছে, সেগুলো কোনোটা তার নিজের ভালো লাগছে, কোনটা আবার ভালো লাগছেনা | কোনটা ওর ভালো লাগলেও রমিজের ভালো লাগছে না |

শেষমেষ সবাই একমত হয়ে ১০ টা প্রাইমারি ডিসাইন চুস করে ওরা, সব রকম কারেন্ট ট্রেন্ড মাথায় রেখে | ওই ১০ টা ডিসাইন ওদের বিসনেস এর লঞ্চপ্যাডের মত | ওদের ওদের ইনিশিয়াল সেলস ফিগার আর মার্কেট পেনিট্রেসান ঠিক করে দেবে | এই ১০ টা এক্সক্লুসিভ ডিসাইন ওদের ,এগুলো দিয়েই লড়াই এর ময়দান এ নামবে ওরা ; এতদিনের প্রস্তুতির শেষ ধাপ এবার |

রমিজের চেনাজানা একটা ফ্যাক্টরি থেকে প্রিন্ট হয়ে আসে টিশার্ট গুলো | ওরা হাতে নিয়ে কোয়ালিটি চেক করে, নিজেরাই পরে দেখে সেগুলো | সেগুলো পরে ইন্দ্র জানায়

“হমম , ইটস গুড .. যাক তোর গার্মেন্ট মানুফ্যাকচারার বেশ ভালই কাজ করেছে ; টাকাটাও রিসনেবেল ; মোটের ওপর শুরুটা মন্দ হলোনা |”

পেছনের দেওয়ালে একটা পুরনো কমদামি গ্রীন স্ক্রীন লাগিয়ে তার সামনে গিয়ে দাঁড়ায় ইন্দ্র , রমিজের হাতে ডিএসএলআর ক্যামেরাটা ধরিয়ে দিয়ে ছবি তুলতে বলে | সবকটা টি-শার্ট ই কালো রঙের , দীপ্ত দা নাকি রমেন কে বলেছিল যে আজকাল কালো টিশার্ট এর মার্কেট ভ্যালু সব থেকে বেশী |

সেমি-প্রফেশনাল মডেল দের মত বেশ কিছু পোজ দিয়ে দাঁড়ায় ইন্দ্র | রামিজ ছবি তুলে নেয় বেশ কয়েকটা |

ইন্দ্র বলে-

“ছবি গুলো দেখে নে রমেন, কিরকম হলো বল.. এগুলো দিয়ে প্রাথমিক প্রমোশন শুরু কর, ফেসবুক আর ইনস্টা পেজ বানা একটা ; ছবি গুলো দে ওখানে আর পোস্টের মধ্যে সুন্দর করে কোম্পানির নাম আর লোগো জুড়ে দিবি, দ্যাখ কেমন রেসপন্স আসে | আর আমি দেখছি , কিছু পোস্টার আর লিফলেট বানিয়ে ফেলি |”

আবার ধরে নিন আগের আগের ব্যাকগ্রাউন্ড মিউসিক টা বাজছে ...

লোকেশন : টিপিক্যাল সাউথ কলকাতার রাস্তা-ঘাট

বিভিন্ন রাস্তায় ,বাড়ির দেয়ালে পোস্টার লাগাচ্ছে ওরা | লোকজনের বাড়ির ভেতরে লিফলেট ফেলে দিচ্ছে ,কলেজের সামনে দাঁড়িয়ে স্টুডেন্টদের হাতে লিফলেট দিচ্ছে, রাস্তায় ঘুরে হাতে ক্যামেরা আর ল্যাপেল নিয়ে লোক জনকে ধরে ধরে কিছু প্রশ্ন করছে, কেউ উত্তর দিচ্ছে কেউ তাড়িয়ে দিচ্ছে ওদের।

সেই ভিডিও গুলো ইউটিউবে আপলোড করতে থাকে ওরা | দু একটা করে নিজেদের চেনা পরিচিত বন্ধুবান্ধব সার্কেলের মধ্যেই অর্ডার আসা শুরু হয় | রামিজ আর ইন্দ্র বাইক নিয়ে কোম্পানির লোগো আর নাম দেওয়া একটা টি-শার্ট পরে সেগুলো ডেলিভারি দিতে যায় |

মিউসিক শেষ .....

ফেড-ইন ট্রানজিশন ..

4

এই মৃত মহাদেশে রোদ্দুর বারবার

থমথমে ভাব একটা রেমেনের মেসে

শেষ ১ মাসে ৮ টা ভিডিও পোস্ট করেছে ওরা, ভিউ আসেনি.. তিন নাম্বার ভিডিও টা কিঞ্চিত ভাইরাল হয়েছিল ; যার জোরে হাজার ২-এক সাবস্ক্রাইবার হয়েছে চ্যানেল এ | ডিজিটাল মার্কেটিং এর জন্য যে বাজেট টা নিয়ে ওরা নেমেছিল সেটা শেষ |

ভিডিও তে অর্গ্যানিক ভিউ আসছিলনা ; একটা ভিডিও বুস্ট করতে টাকাটা লাগিয়েছিল ওরা | সেটাও খুব একটা কাজে দিলনা | মুষড়ে পরেছে ওরা ; নিজেদের চেনা পরিচিত বন্ধুবান্ধব আত্মীয় দের মধ্যে থেকে সবে ২০ টা সেল হয়েছে | ওই রিকয়েস্ট করে , ডিসকাউন্ট দিয়ে অনেক চেষ্টা করেও এটাই রেসাল্ট | ওরা বুঝতে পারছেনা যে সমস্যাটা কোথায় !!!

ডিসাইন এ , কাপড়ের কোয়ালিটি তে নাকি দাম এ !!

বাজেট ফুরিয়ে আসছে ...

পরের সিন এ যাওয়া যাক .. মাস্টার শট একটা , সাথে কিছু বি-রোল শট |

রাত্রিবেলা... একটা মুসলিম এলাকা, একটা মসজিদ কে ঘিরে ছোট একটা বাজার, চায়ের দোকান, রুটির দোকান, হোটেল .. নামাজের আওয়াজ আসছে মাইক এ

রমিজ একটা দোকানের সামনে বাইক নিয়ে দাঁড়ায়, দোকানদার কে এক প্লেট চিকেন চাউমিন প্যাক করে দিতে বলে ;

খাবারটা নিয়ে আবার বাইক স্টার্ট দেয়। খাবার নিয়ে বাড়ি ঢুকে দেখে হালকা আলো জ্বলছে বাইরের ঘরে, মা বসে কাজ করছে | একটু পরেই মদ খেয়ে আবার বাবা ঢুকবে , আবার অশান্তি | নিজের ঘরে গিয়ে টিভি চালিয়ে বসে...দরজা বন্ধ করে দেয় যাতে অশান্তির আওয়াজ না আসে।

ইন্দ্রর আজ বড় ক্লান্ত লাগছে, বাবার মনে পরছে | বাবাকে ও ঘেন্না করে ঠিকই , কিন্তু যেন কথাও একটা টান রয়ে গেছে বাবার ওপর ; বাবা জানলে কি বলত ওর ব্যবসার ব্যাপারে, বাবা কি করত এই সময় থাকলে, সেগুলো ভাবতে চেষ্টা করে ইন্দ্র;

মাথার ভেতরটা ঘেটে যাচ্ছে | ইন্দ্র রুম এ হালকা একটা আলো জ্বেলে চোখ বন্ধ করে হার্মনিকা বাজাতে শুরু করে ।

“কিচ্ছু চাইনি আমি আজীবন ভালবাসা ছাড়া ;

আমিও তাদেরই দলে বারবার মরে যাই যারা”

রমেন বসে বসে রুটি তড়কা খাচ্ছে নিজের রুমে;

থাওয়া শেষ করে রান্না ঘরে গিয়ে থালাটা মেজে একটা বোতল থেকে জল খেয়ে বিছানায় এসে শুয়ে পরে। তারপর লাইট অফ করে চোখ বোঝে। লাইটটা ঠিক অফ হওয়ার পর আবছা অন্ধকার ঘরে রমেনের মুখের উপর হালকা একটা নীল লাইট এসে পড়েছে..আস্তে আস্তে চোখে ঘুম নেমে আসছে রমেনের | রমেন এর চোখে ভেসে উঠছে একটা ঝলমলে স্টেজ , স্টেজ এর ওপর দাড়িয়ে ঝলমলে পোশাক পরে একজন ফিমেল হোস্ট প্রফেশনাল ভয়েসে এনাউন্স করছে

"Ladies and gentleman, এন্ট্রাপ্রেনার অফ দ্য ইয়ার অ্যাওয়ার্ড গো'স টু রমেন মণ্ডল ফর দ্য এক্সেলেন্ট পারফরম্যান্স অফ হিস কোম্পনি টি-ফর্মেশন"

ইন্দ্র একটা ক্যানভাসে পেইন্ট করছে।

আরেক দিকে রামিজ যেন কোনো এক মায়ার রাজ্যে চলে গেছে, মিউজিকের সাথে সাথে চেয়ার ছেড়ে উঠে কাপল ডান্স করতে শুরু করে; যেন শবনম ওর সাথেই আছে। রামিজের চোখে ভেসে উঠছে একের পর এক স্বপ্ন , বায়োস্কোপ বাক্স এ চোখ রেখে যেমন আবছা ছবি ভেসে ওঠে অনেকটা ওরকম | রাতের ফাঁকা কলকাতায় রামিজ আর শবনম একটা মার্সিডিজ গাড়ি নিয়ে ঘুরে বেড়াচ্ছে | নন্দন, সেন্ট পলস, ইলিয়ট পার্ক,

বিড়লা প্ল্যানেটরিয়াম , ময়দান মেট্রো ,ITC আইল্যান্ড , জীবনদীপ হয়ে গাড়ি ফাঁকা মিডলটন স্ট্রিট ধরে ঢুকে যাচ্ছে ক্যামাক স্ট্রীট এর দিকে | আশেপাশের সব বড় বড় ব্যাঙ্ক , বিমা কোম্পানি আর ফিনান্সিয়াল ইনস্টিটিউট এর বড় বড় অফিস বিল্ডিং পেরিয়ে গাড়িটা চলে যাচ্ছে | এই রাস্তা টা কে দেখে বারবার ছোটবেলায় দেখা উলফ অব ওয়াল স্ট্রিট সিনেমাটার কথা মনে পরে রামিজের ; এটাই যেন সেই ওয়াল স্ট্রিট | পরদিন সকালেই আবার কয়েক হাজার লোক ক্যাপিটালিসম এর স্বপ্ন নিয়ে হাজির হবে |

জানলা দিয়ে মুখ বার করে একবার বিল্ডিং গুলোর দিকে তাকাচ্ছে; রামিজ আর শবনম হাসছে আনন্দের হাসি , গর্বের হাসি। টাটা স্টিলের বড় বিল্ডিং এর সামনের রাস্তায় গাড়ি দাঁড় করিয়ে গাড়ির বনেট এর ওপর বসে পিজ্জা খাচ্ছে দুজনে, গাড়ির গায়ে হেলান দিয়ে দাঁড়িয়ে রামিজ একটা সিগারেট টানছে ;

পাশে সবনম দাঁড়িয়ে আছে। সিগারেটের ছাই টা একবার ফেলে, শবনম এর গালে একটা হাত রাখে রামিজ আর সবনম এর গাল ধরে ওর মুখটা নিজের কাছে টেনে আনে |

ড্রিম সিকুয়েন্সের এখানেই সমাপ্তি

রামিজের হাত থেকে ঝেড়ে ফেলা সিগেরাটের চাই এর মধ্যে দিয়ে নেক্সট সিন এ ট্রানজিসান হবে; দীপ্ত সিগারেটের ছাই ঝেড়ে ঠোঁটে তুলে নেয় সেটা

দীপ্ত রুমে বসে সিগারেট টানছে আর ল্যাপটপে কাজ করছে, হটাৎ রুমে রমেন এসে ঢোকে- এই দীপ্ত দা, কি করছো?

দীপ্ত :- এই একটা স্ক্রিপ্ট লিখছি সাইকো থ্রিলার, শালা প্রডিউসার কে কবে থেকে ধরে আছি একটা মিটিং এর ডেট দিচ্ছেনা মালটা কিছুতেই।

একটা শ্বাস ছেড়ে কিছুক্ষণ ল্যাপটপ স্ক্রিনের দিকে তাকিয়ে তারপর জিজ্ঞেস করে,

তারপর Brian acton , স্টার্টআপ এর খবর কি আপনার? তোর তো আর দেখাই পাওয়া যায় না মেসে সারাদিন চরকি বাজির মতো ঘুরছিস,এখানে ওখানে। রাত তিনটে অব্দি আলো জ্বলছে রুমের। এতো রাত ওবদি কাজ করিস?

রমেন :- হ্যাঁ কি আর করব বলো? সকালের দিকটা পড়াশোনা করতে হয় তারপর সন্ধ্যে থেকে কাজ শুরু করি। এই বলছি এই Brain Acton টা আবার কে ?

দীপ্ত :- ছিঃছিঃ !!! তুই নাকি প্রোগ্রামার, এন্টারপ্রেনার,ছমাস ধরে স্টার্টআপ চালাচ্ছিস আর বলছিস Brain Acton কে? ছিঃ!!

রমেন :- এই সত্যিই জানিনা কে গো?

দীপ্ত :- what's app কে তৈরি করেছিল?

রমেন: Jan koum

দীপ্ত :- এইতো অর্ধেকটা জানিস.. পুরো টেকনিক্যাল ডিপার্টমেন্ট কে সামলাতো? Brain Acton। কিভাবে what'sapp তৈরি হয়েছিল জানিস?

Jan koum আর Brain Acton দুজনেই ৯ বছর yahoo তে চাকরি করতো। ওখান থেকে চাকরি ছাড়ার পর ওরা ফেসবুক, টুইটার এই দুটো কোম্পানিতে জবের জন্য এপ্লাই করে। দু 'জায়গা থেকেই রিজেক্ট করে দেয় ওদের। সেই সময় Jan Koum জিম এডিক্টেড হয়ে যায়, সারাদিন জিমে গিয়ে ওয়ার্কআউট করতো, তাই বন্ধুদের ফোন ধরতে পারতো না | তাই ও ভাবে এমন একটা app বানানো যাক যাতে আমি আমার বন্ধুদের নিজের স্ট্যাটাস জানাতে পারব । যেমন ধর, I am in the gym বা I am driving, call me later ...এরকম আর কি |

সেই মত ও আর ব্রেইন দুজনে মিলে what'sapp নামের একটা app বানায়, যাতে শুধু লোকজন নিজেদের স্ট্যাটাস আপডেট করতে পারত, কোনো মেসেজিং এর অপশন ছিল না। কিছুদিনের মধ্যেই বেশ কিছু লোকজন এটা ডাউনলোড করে ফেলে আর brain আর koum দেখতে পায় লোকজন what'sapp স্ট্যাটাস চেঞ্জ করে করে নিজেদের মধ্যে কমিউনিকেশন করছে। মেসেজিং app এর মতো ইউজ করছে।সেই সময় মার্কেটে একটাই ফ্রি মেসেজিং app ছিল, BBM. ব্ল্যাকবেরি মেসেঞ্জার; কিন্তু সেটাও অনলি ফর ব্লাকবেরি ইউসার | ব্ল্যাকবেরি ফোন তখন এশিয়া, middle-east, বা আফ্রিকার লোকজনের কেনার ক্ষমতা ছিলনা। তো ওরা তখন সেটা ভেবে what'sapp কে একটা ফ্রি মেসেজিং app এ কনভার্ট করে, যেটা সবাই ব্যবহার করতে পারবে ; ব্যাস দ্য রেস্ট ইজ হিস্টোরি।

রমেন :- বাবা এত গল্প তো জানতাম না। এই আমাদের স্টার্টআপটা যে কিভাবে এগোবে!! ফান্ডিং পাচ্ছিনা ,প্রফিট হচ্ছে না সেরকম কোনো যা আসছে সেটাও ট্যাক্স দিতে বেরিয়ে যাচ্ছে ধুর...

দীপ্ত :- দ্যাখ ,তোদের যখন ফান্ডিং নেই তখন তোরা ডিজিটাল মার্কেটিং এ খরচা করা বন্ধ করে দে। তাহলে অপারেশনাল কস্ট সেক্রিফাইস করতে হবেনা | ওই SEO ইউস করে অর্গানিকালি পেজ যতটা উপরে যায় যাক |

রাদার , ইউ গাইস শিফট টু ইনডাইরেক্ট মার্কেটিং যাতে ওয়ার্ড অফ মাউথ এ লোকজন তাদের ওয়েবসাইটে আসে।

রমেন :- মানে, কিরকম?

দীপ্ত :- মানে, ধর মিম বানা, ট্রল পেজ বানা ফেসবুকে , ভালো এনগেজইং কনটেন্ট নিয়ে; নতুন মুভি এলে তার ডায়লগ বা কোনো স্ক্রিনশট নিয়ে কিছু মজার বা ইমোশনাল পোস্ট বানা, আর সেগুলোর মধ্যে এক জায়গায় নিজেদের ব্র্যান্ড নেম আর লোগো ইনপুট করে দে। মিম যত শেয়ার হবে তত তোদের ব্র্যান্ড নাম ও শেয়ার হতে থাকবে। তোদের যেহেতু বিজনেস বেস কলকাতা এখন তাই টি-শার্টের ওপর বাংলা গান, সিনেমার হিট ডায়লগ,কবিতার লাইন এসব লিখে পোস্ট করতে থাক।

রমেন :- এভাবে করলে হবে?

একটু হেসে দীপ্ত বলে এইতো.. সব সময় তোরা আগেই অনেক কমপ্লিকেটেড করে ফেলিস জিনিষ গুলোকে। হোয়াটস্যাপ এর ইনিটিয়াল দিনে এক টাকাও ওরা মার্কেটিং এ খরচা করতোনা, জানিস তুই? ওদের কোম্পানি র একমাত্র খরচা কোথায় হতো জানিস?

রমেন :- কোথায়?

দীপ্ত :- ইউসার দের ভেরিফিকেশন টেক্সট সেন্ড করতে। আর সেই খরচা চালাতেই ওদের হাল খারাপ হয়ে যাচ্ছিলো। আরে লোকজন তোদের ব্র্যান্ড নাম এর সাথে সাইকোলজিক্যালি কানেক্ট হতে শুরু করবে একবার, তারপর টি-শার্ট বেচা অনেক ইজি হয়ে যাবে। অটোমেটিক্যালি কিনবে তোদের থেকে, তোদের সবার কাছে গিয়ে কিনুন কিনুন করতে হবেনা | আর তোরা তো প্রিন্টিং থার্ড পার্টি কে দিয়ে করাস?

রমেন :- হ্যাঁ আর ব্ল্যাংক টি- শার্ট সাপ্লাই দেয় গার্মেন্টস ম্যানুফ্যাকচারার।

দীপ্ত:- তার মানে এখন যেহেতু অর্ডার সেরকম আসছে না তাই তোদের খুচরো রেট এ টি-শার্ট কিনতে হচ্ছে।

রমেন:- হ্যাঁ তারপর কিছু অর্ডার কলকাতার বাইরে থেকেও আসছে, এবার আমাদের কোনো লজিস্টিক কোম্পানির সাথে টাই- আপ নেই বলে আমরা মালগুলো ম্যানুফ্যাকচারার কে দিয়ে তৈরি করাচ্ছি,কিন্তু সময়ে ডেলিভারি করতে পারছি না ঠিকমতো।

দীপ্ত :- এইরে!!!!এইভাবে তো বিজনেস শাটডাউন পয়েন্ট এ চলে যাবে

রমেন:- সেটা আবার কি?

দীপ্ত খুব ছোটো করে শাটডাউন পয়েন্ট বোঝায়

তারপর কিছুক্ষণ দুজনে চুপ করে থাকে

আবার দীপ্ত বলা শুরু করলো-

দেখ,তোরা একটা কাজ কর, ওই ফেসবুক পোস্ট গুলো করতে থাক... তার সাথে সাথে একটা PR ক্যাম্পেইন কর locally.. মানে কোনো কলেজ ফেস্ট এ অর্গানাইজিং কমিটিকে রিকুয়েস্ট কর যাতে ওদের সময় সময় একটা ষ্টল দিতে দেয় তোদের.. বা কোনো শপিং মল -এ একদিনের জন্য যদি তোদের একটা ষ্টল দিতে দেয় কোথাও... রিকোয়েস্ট কর ওদের গিয়ে... তাতে একটা ভালোরকম ব্র্যান্ড awarness তৈরী হবে.. দেখ কতদূর কি হয়...

রমেন এতক্ষণ অবাক হয়ে দীপ্তর কথা শুনছিল ওর কথা শেষ হওয়ার পর জিজ্ঞেস করে

দীপ্ত দা, তুমিতো ফটোগ্রাফি করো জানি কিন্তু বিজনেস এর ব্যাপারে এত কিছু জানলি কি ভাবে?

দীপ্ত হালকা একটু হেসে

- এমবিএ আইআইএম লখনও, ২০১৮ ব্যাচ। চাকরিতে ঢুকে ছিলাম একটা ইনভেস্টমেন্ট ব্যাংকিং কোম্পানিতে হঠাৎ সিনেমা বানানোর ভুত মাথায় চাপলো, চাকরি-বাকরি পোষালোনা, ছেড়ে দিয়ে কলকাতা চলে এলাম।

আবার ল্যাপটপ চালাতে শুরু করে দীপ্ত,যা পালা এবার, যা বললাম সেগুলো কর গিয়ে।

এবার ধরুন আবার একটা গান শুরু হচ্ছে | স্লো মোশন এ এস্তাবলিশিং শট, একটা উনিভার্সিটির গেট দিয়ে ঢুকছে ৩ জন |

রমেন, ইন্দ্র আর রমিজ তিনজন একটা ইউনিভার্সিটি তে গিয়ে কিছু লোকের সাথে কথা বলছে ;

সামনে ফেস্ট আছে ওদের| ওদের ফেস্ট এ যাতে নিজেদের একটা ষ্টল দিতে পারে ওরা আর ফেস্ট এর ব্যানার এ যাতে পার্টনার হিসাবে ওদের কোম্পানির নাম আর লোগো থাকে সেই ব্যাপারে কথা বলে অর্গানাইজিং কমিটির লোকেদের সাথে | এরপর সেখানে থেকে বেরিয়ে একটা শপিং মলে যায় ওরা , গিয়ে কিছু লোকের সাথে কথা বলে।

শপিং মল এর তরফ থেকে কিছুদিন আগে একটা বিজ্ঞাপন দেওয়া হয়েছিল, যে ওরা কলকাতার যে তিনটে বাডিং স্টার্টআপ কে ১ দিনের জন্য ফ্রি তে ওদের স্পেস এ নিজেদের ষ্টল লাগাতে দেবে |

প্রচুর দরখাস্ত জমা পরেছিল, ওদেরটা সেই ৩ টের মধ্যে নির্বাচিত হয়েছে |

কাট টু নেক্সট সিন ...

দুটো স্টল, একটাতে তৃষা আর ইন্দ্র, শপিং মলের ভেতরে ;

আরেকটা তে রামিজ আর রমেন ইউনিভার্সিটির ভেতরে ।

এবার কিছু বি-রোল শটস যাক এখানে, মিউসিক ভিডিও টা দেখতে ভালো লাগবে আর কি ...

কলেজ ফেস্ট এর কিছু মুহূর্ত ফ্রেমবন্দী করা যাক সেই অদৃশ্য ক্যামেরায়, বি-রোল শট এর মত মন্টাজ

কিছু ছেলেমেয়ে গ্রুপ করে প্রজেক্ট শো করছে, কেউ হোভারবোর্ড বানিয়েছে , কেউ রিমোট কন্ট্রোল কার, কেউ ড্রোন; কেউ আবার কাঁধে গিটার নিয়ে ঘুরছে পারফর্ম করবে বলে , একদিকে নাচগান হচ্ছে | ব্যান্ড এর পারফরমেন্স চলছে একটা, কিছু ছেলে কাঁধ ঝাকিয়ে ঝাকিয়ে গান গাইছে, পাশের একটা স্টেজে কিছু মেয়ে ভারতনাট্যম নাচছে ; কেউ রাস্তার একধারে দাঁড়িয়েই নিজের মনে গিটার বাজাচ্ছে , তাকে ঘিরে বেশ কিছু ছেলেমেয়ে | একটা ছোট স্টেজ এ একটা মেয়ে স্ট্যান্ডআপ কমেডি করছে, বেশ কিছু ছেলেমেয়ে জড়ো হয়েছে এখানে | হাসিখুসি মুখে ব্লেজার পরে ৩ জন প্রফেসর আশেপাশে ঘুরে দেখছে সবটা | কিছু ছেলে খাবারের ষ্টল গুলোতে ঘুরছে , নিজেদের মধ্যে হাসিঠাট্টা করছে ; একজন আবার হাতে মোবাইল আর ল্যাপেল নিয়ে পুরো ফেস্টের ব্লগ বানাচ্ছে ... গোটা টা নিয়ে বেশ একটা জমজমাট ব্যাপার |

খুশি খুশি মুখ সবার .. জামাকাপড় আর হ্যান্ডিক্রাফটের বেশ কিছু স্টল বসেছে | সেগুলোতেও বেশ ভির, ছেলে মেয়ে সবার | ওদের ষ্টল এ কোম্পানির ব্যানার লাগানো ;

তাতে কোম্পানির নাম, লোগো, কিছু টি-শার্টের ছবি দেওয়া.. স্টলে কিছু টি-শার্ট হ্যাঙ্গার দিয়ে ঝুলানো..বেশ কিছু টিশার্ট বিক্রি হচ্ছে |

সেরকমই শপিং মল এ |

শপিং মল এর গ্রাউন্ড ফ্লোরে ষ্টল দিয়েছে ওরা , সেখানে ইন্দ্র আর তৃষা দাঁড়িয়ে আছে|

ইউনিভার্সিটির মতোই এখানেও লোকজন ষ্টল এ আসছে টি-শার্ট গুলো নেড়ে চেড়ে দেখছে .. কেউ কিনছে, কেউ দাম জিজ্ঞেস করে পরে ঘুরে আসছি বলে চলে যাচ্ছে , কেউ বা টি-শার্ট হাতে না ধরেই দূর থেকে চোখে দেখেই

কোনো এক অদ্ভুত জাদুবলে বুঝে যাচ্ছে যে টি -শার্ট গুলো নাকি ভালো নয় .. সুতরাং নেওয়ার প্রশ্নই ওঠে না।

তবে একটা কাজের কাজ হচ্ছে , যে যারা ষ্টল এর ধারে কাছে আসছে ইন্দ্র তাঁদের সবার হাতেই কায়দা করে কার্ড আর লিফলেট গুঁজে দিচ্ছে | তাতে ওদের ওয়েবসাইট আর প্রোডাক্টস এর ব্যাপারে ডিটেল ডেসক্রিপশন দেওয়া আছে | আর সবাই কেই নিজেদের ফোন থেকে অন্তত একবার ওয়েবসাইট খুলে দেখতে অনুরোধ করছে।

ইন্দ্রর ইচ্ছা আছে কোনো বড়ো ইউটিউব এর চ্যানেল এ তার ভিডিওর মধ্যে যদি নিজেদের ওয়েবসাইট এর প্রমোশন করানো যায় |

আজকাল এটা একটা নতুন এফেক্টিভ মার্কেটিং স্ট্রাটেজি হয়েছে , অনেকেই নাকি এটা ফলো করছে ... একজন ইউটিউবার কে এপ্রোচ ও করেছিল ইন্দ্র , তার ৩ লক্ষ মতো সাবস্ক্রাইবার আর সব ভিডিও তে ওই 1-1.5 লক্ষ মতো ভিউ হয় , তাতেই সে যা টাকা চেয়েছিলো তাতে পত্রপাট সেই প্ল্যান ড্রপ করে ওরা | ওই টাকা থাকলে ওরা রোজ নিজেদের চ্যানেল কে বুস্ট করতো , অন্যের ইউটিউব চ্যানেলে নিজেদের প্রমোশন করাতে যেত না।

যাইহোক গান শেষ, postlude বাজছে এখন...

রমেনের এবার বাড়ি ফেরার পালা , সাউথ সিটি যাদবপুর রুটের অটোতে চেপে বসলো রমেন .. গাড়িয়া গোলপার্ক রুটের এর অটো তে চেপেছে রমেন। postlude শেষ হয়ে আসে আস্তে আস্তে .. পারিপার্শ্বিক সাউন্ড শুরু হয় এবার , গাড়ির হর্ন আর আশেপাশের লোকজনের কোলাহল ,চিৎকার চেঁচামেচির শব্দ ....

আজকাল ভাড়াটা বড্ডো বাড়িয়েছে এরা .. ১৪ টাকা ভাড়া যাদবপুর ৮b পর্যন্ত .. এইটুকু রাস্তার জন্য বড্ডো বাড়াবাড়ি এটা | আবার 8B তে নামলেও হয়না , তারপর হয় গড়ফা বা কালিকাপুর এর অটো ধরতে হয় আবার , সেখানে আবার ১২ টাকা, আর সেটা বাঁচাতে চাইলে ১ কিলোমিটার রাস্তা পায়ে হাঁটা.... তাও এখন হালকা শীত আছে বলে হাঁটতে অসুবিধে হয়না , কিন্তু গরম কালে পা যেন আর চলতে চায়না।

যাইহোক , তাও অন্তত কিছু সেল হয়েছে এই দুদিন এ .. প্রফিট এখনো না এলেও লস টা রিকভার করা গেছে অনেকটা ..

অটো ছেড়ে দিলো

প্রফিট লস বললেই রমেনের শেয়ার মার্কেট এর কথা মনে পরে .

কলেজের ফার্স্ট ইয়ার এ এক সিনিয়র দাদার পাল্লায় পরে demat account খোলে রমেন , PAN card বানাতে হয় তার জন্য | যদিও সেটা একদিক থেকে ভালোই হয়েছে , PAN card টা পরে অনেক কাজে লেগেছে।

যাইহোক প্রথম প্রথম একদম লো প্রাইস এর কিছু স্টক এ টাকা লাগাতো রমেন , ওই ১০০ টাকা, ১৫০ টাকার মত | সিনিয়র দাদা টা টিউশন পরে যা কামাতো সব স্টক এ ইনভেস্ট করে দিতো,কত রকম আলাদা আলাদা ইনভেস্টমেন্ট টেকনিক শিখিয়েছিলো দাদাটা , equity, derivatives, ফিউচার এন্ড অপশন্স , BTST বাঃবাঃ .. কোন স্টক কখন বাড়বে কখন পরে যাবে সেগুলো বোঝার আবার কত রকম ইন্ডিকেটর বাঃবাঃ . RSI, MACD, Moving average, Bollinger bands, VWAP. Tredingview নামের একটা ওয়েবসাইট খুলে সব ইন্ডিকেটর গুলো ক্যান্ডেলেস্টিক প্যাটার্ন এর ওপরে বসিয়ে বসিয়ে ওকে শেখাতো দাদাটা

দাদাটা ওকে বলেছিলো সে নিজে নাকি আগে প্রথম প্রথম এত কিছু না জেনে শুধু কোন স্টক লাস্ট 1 মাসে বা 6 মাসে কত রিটার্ন দিয়েছে সেটা দেখেই দুমদাম ইনভেস্ট করে দিতো,আর তাতে নাকি লস হয়েছে প্রচুর | তাই তারপর থেকে ও শেখা শুরু করে ভালো করে , আর তারপর নাকি ওর সব লস রিকভার হয়ে গেছিলো। তাই ও চাই রমেন এমন ভাবে শিখে মার্কেট এ ইনভেস্ট করুক যাতে ওকে শুরুতে লস না খেতে হয় বাকিদের মতো

তবে শেয়ার মার্কেট মানুষের ধৈর্য্যের পরীক্ষা নেয় , একথা সত্যি। কেউ সেই পরীক্ষায় ফেল করে,লস খায় বা অল্প প্রফিট করে , কেউ আবার সেই পরীক্ষায় পাস করে টাকার ঝুলি নিয়ে ঘরে ফেরে আবার উল্টো টাও হতে পারে | কেউ বেশিদিন ধৈর্য্য ধরতে গিয়ে সেই স্টক এর ভ্যালু পড়তে থাকে , তখন তার কাছে লস বুক করার কোনো অপসন থাকে না।

রমেন এর ইচ্ছে আছে টাকাপয়সা জমলে অপসন সেলিং করবে তখন , ওটা নাকি সবথেকে সহজ রাস্তা টাকা কামানোর | দাদা বলেছিলো , যে 1.5-2 লক্ষ টাকা দিয়ে আউট অফ দ্য মানি মানে যে ভ্যালু nifty আগামী এক সপ্তাহে কোনোভাবেই টাচ করতে পারবে না, সেরকম একটা অপশন কিনে নিবি কোনো সপ্তাহের শুক্রবার এ, সেটা পরের সপ্তাহের বৃহস্পতিবার যখন অপসন এর ভ্যালু জিরো হয়ে যাবে তখন বেচে দিবি |

এতে নাকি সিওর শট প্রফিট হবেই হবে। তবে সেই দাদাও তখন শুধু equity তেই ইনভেস্ট করতো, তারও অপশন কেনা বা বেচা কোনোটার ই পয়সা ছিলোনা ...

তবে কাছে পয়সা না থাকলেও এই শেয়ার মার্কেট জিনিসটা বেশ ইন্টারেষ্টিং-ই লেগেছিলো রমেন এর

ভাবতে ভাবতে হটাৎ ঝাঁকুনি দিয়ে গাড়ি থেমে যায় , যাদবপুর থানার কাছে গাড়ি এসে দাঁড়িয়েছে।

কিসের একটা মিছিল বেরিয়েছে আজ , একগাদা ওরই বয়সী ছেলে হাতে লাল ঝান্ডা নিয়ে মুখে স্লোগান দিচ্ছে

“লড়াই লড়াই লড়াই চাই, লড়াই করে বাঁচতে চাই “

ছেলেগুলো সম্ভবত যাদবপুর ইউনিভার্সিটি তে পরে , রমেন এর খুব স্বপ্ন ছিল ওই ইউনিভার্সিটিটা তে পড়ার , ছোটবেলা থেকে পেপার এ নিউস এ কত কিছু দেখেছে কত কিছু পড়েছে ইউনিভার্সিটিটার ব্যাপারে , কিন্তু চান্স হয়নি

ওয়েস্ট বেঙ্গল জয়েন্ট এ rank টা খুব একটা ভালো হয়নি তার ..

ওর rank এ নিচের দিকের কোনো গভর্নমেন্ট কলেজ যেগুলো কলকাতার বাইরে,মানে জেলার ইঞ্জিনিয়ারিং কলেজ গুলো হতো , আর নাহলে প্রাইভেট কলেজ গুলো

প্রাইভেট কলেজ এ পড়ানোর ক্ষমতা বাবার কোনোদিনই ছিলোনা , বাবা H.S এর টাইমেই জানিয়ে দিয়েছিলো পরিষ্কার |

“সরকারি কলেজে চান্স পেলে পড়বে ,নাহলে আমার কিছু করার নেই”

তাই অবশেষে ইঞ্জিনিয়ারিং এর ইচ্ছে ছেড়ে দিয়ে ডিপ্লোমা তে ভর্তি হয় রমেন , মানে পলিটেকনিকে; পলিটেকনিক এর rank টা ভালো হয়েছিল বেশ , অনেকটা ওপরের দিকে ছিল .. থার্ড কাউন্সেলিং এ APC পেয়ে যায় রমেন।

ভেবেছিলো ডিপ্লোমার পর চাকরি পেয়ে গেলে 2 বছর চাকরি করে কিছু টাকা পয়সা জমিয়ে নিয়ে যাদবপুর থেকে যদি বি.টেক টা করা যায় ;

দেরিতে হলেও স্বপ্ন পূরণ হবে....

পাশেই ক্যাম্পাস বলে মাঝে মাঝেই ক্যাম্পাস এ ঘুরতে চলে যায়ে রমেন , অনেক বন্ধুবান্ধব ও হয়ে গেছে ওর ওখানে .. গ্রীন জোনে এ বসে প্রথম বার মদ খেয়েছিলো রমেন ..এক বন্ধু খাইয়েছিল.... ফার্স্ট সেম শেষ হওয়ার খুশি তে ..

কত সুন্দর সুন্দর দেখতে ছেলেমেয়েরা পরে ওখানে , কত আধুনিক পোশাক সবার , কত দামি দামি সিগারেটে টানে তারা

একজন বলেছিলো ওর সিগারেট এর দাম নাকি ১৮ টাকা , শুনেই তো আকাশ থেকে পরে রমেন। একটা সিগারেট এর দাম নাকি ১৮ টাকা!!!

১৮ টাকায় ওর রাতের ডিনার হয়ে যাই , হাফ প্লেট সবজি 10 টাকা আর 3 টে রুটি |

আগে গুলে কাকুর হোটেলেই খেত রমেন , গরফার মেস গুলো তে যারা থাকে তারা সবাই মোটামুটি চেনে গুলে কে , তবে আজকাল খাবারের দাম বড্ড বাড়িয়ে দিয়েছে তাই এই ১০% ডিসকাউন্ট এর লোভে বাড়ি থেকে ১০ মিনিট হেঁটে শ্যামলাল হোটেলে আসা ।

যাদবপুরের একটা মেয়েকে ভালো লেগেছিলো রমেন এর .. মেয়েটার নাম দেবস্মিতা | কেমিস্ট্রি ডিপার্টমেন্টে পড়তো মেয়েটা , ইছাপুরে বাড়ি , রোজ ইছাপুর থেকে যাদবপুর এ ডেইলি প্যাসেঞ্জেরি করতো | বড়ো ভালো মেয়ে ছিল , ছোটোখাটো চেহারার মেয়েটা কে দেখে মনে হতো যেন এখনো ক্লাস 8-9 এ পরে | মনটা শরতের আকাশের মতো , এই মেঘ তো এই বৃষ্টি ;

সবসময় মুখে একটা চঞ্চল দুষ্টুমি লেগে থাকতো | ওই দেবস্মিতাই একমাত্র মেয়ে যে রমেন কে ওর জামাকাপড় , কথার মধ্যে আঞ্চলিক ভাষার টান বা সস্তার জীবনযাপন নিয়ে জাজ করেনি কোনোদিন , কলকাতার মেয়েগুলো যেন রমেন কে দেখলেই কেমন নাক সিটকে অন্য দিকে চলে যেত;

তবে দেবস্মিতার সাথে আর কিছু এগোইনি তারপর , সেকেন্ড ইয়ার এ পড়ার সময় একজন সিনিয়র দাদার সাথে রিলেশনশিপ হয়ে যাই ওর .. রমেন তাও বলেছিলো ওকে যে বন্ধুত্ব রাখতে কিন্তু ও চাইনি | কারণ রমেন কে ও শুধু বন্ধু নয় , ওর থেকে বেশি কিছু ভাবতো। হোয়াটস্যাপেও রমেন কে ব্লক করে দিয়েছিলো দেবস্মিতা।

সেদিন রাতে খুব কেঁদেছিল রমেন , অনেকদিন পর , অনেক্ষন ধরে ...

অটো দাঁড়িয়েই আছে , অটোর ভেতর লোকজন তিতিবিরক্ত হয়ে উঠেছে , সবাই শাপ শাপান্ত করছে মিছিলের ছেলেগুলোকে

রমেন যেন এতক্ষন কেমন একটা ঘোরের মধ্যে ছিল .. অটোর জোর হর্ন এর আওয়াজে ঘোর কাটে ওর | ঘাড় বার করে ছেলেগুলোর দিকে দেখে , অনেকেরই মুখ চেনা , অনেকের সাথে গ্রীনজোনে বসে আড্ডা ও মেরেছে রমেন , ওরা রমেন কে কাল মার্কস আর লেনিন এর ব্যাপারে বলেছিলো ;

কিন্তু শেয়ার মার্কেটের মতো সেটা খুব একটা টানেনি ওকে

ছেলেগুলোর হাতে পোস্টার

তাতে লেখা

“ কর্পোরেটের দালাল প্রধানমন্ত্রী নিপাত যাক ”

আবার কোনোটাই লেখা

"কর্পোরেট ট্যাক্স 40% বাড়ানোর দাবিতে আমাদের লড়াই চলছে ,চলবে"

কেউ স্লোগান দিচ্ছে

"এই লড়াই লড়বে কে ,

তুমি আমি আবার কে "

কলেজ এর প্রথম দিকে এই স্লোগান গুলো শুনে রক্ত গরম হয়ে যেত রমেন এর , এখন আর হয়না | শেষ তিন বছর ধরে একই স্লোগান শুনে আসছে ও , স্লোগান গুলো একটুও বদলায়নি।

এক দুবার ওদের সাথে হুজুগে পরে মিছিলেও গেছে ও , তারপর আর যায়নি।

রমেন জানে চাকরি না পেলে , পয়সা না কামালে কোনো পার্টি কোনো মিছিল কোনো স্লোগান ওকে খাওয়াবে না , তাই নিজের আখেরটা নিজেকেই গুছিয়ে নিতে হবে |

সন্দীপন দার কথা মনে পরে রমেন এর | কলেজ এর ইউনিয়ন এর সেক্রেটারি ছিল, মিছিল এ রমেন কে ওই নিয়ে গেছিলো। রমেনের হাতে একটা

প্ল্যাকার্ড ধরিয়ে দিয়েছিলো ; তাতে লেখা

"খেটে খাওয়া মানুষদের কর্পোরেটের দাস হতে দিচ্ছিনা , দেবোনা"।

সন্দীপনদা এখন amazon এ চাকরি করে , 6 LPA এর প্যাকেজ .. আবার নাকি কোম্পানি সুইচ করে capgemini তে যাবে বলছিলো , ওখানে নাকি বেটার প্যাকেজ পাচ্ছে | মেডিকেল ফেসিলিটি গুলোও এখানকার থেকে ভালো;

ছোটবেলায় বাবা মারা যায় সন্দীপনদার , মাকে এখন নিজের কাছেই বেঙ্গালুরু নিয়ে গেছে ও। মাঝে মধ্যে হোয়াটস্যাপে টুকটাক কথা হয় ওর সাথে | ফেসবুকে দ্যাখে নাইট ক্লাব আর দামি দামি রেষ্টুরেন্টে গিয়ে ছবি দেয় সন্দীপন দা।

ওদিকে মিছিল যেন শেষ হচ্ছে না | সামনে একটা পরীক্ষা আছে রমেনের ; বাড়ি গিয়ে মক টেস্ট দিতে হবে। এই মিছিল কখন যে ছাড়বে

অস্থির হতে থাকে রমেন।

আশেপাশে তাকায় .. লোকজনও বিরক্ত হয়ে উঠেছে .. আজকাল গাড়ি ঘোড়ার আওয়াজ যেন বড্ডো কানে লাগে রমেনের | কলকাতা বড্ডো অশান্ত হয়ে উঠছে দিন দিন , সাথে এত মানুষ এসে ভিড় করেছে শহরে যে আর যেন

পা ফেলার জায়গা থাকেনা।

সন্ধে হলেই বাসে অটোতে মেট্রোতে পিলপিল করে লোকজন যে ভাবে কেউ বসে কেউ দাঁড়িয়ে কেউ ঝুলে ঝুলে , কেউ অফিস থেকে , কেউ কলেজ থেকে , কেউ বাজার করে , কেউ প্রেম করে আবার কেউ বা পরকীয়া করে বাড়ি ফেরে , তাঁদের দেখে রমেনের মনে হয় এরা সবাই আসলে মানুষ ই নয় , এদের

মধ্যে অনেক ভূত মিশে আছে মানুষের ছদ্মবেশ ধরে | এত মানুষ একটা শহরে কিছুতেই ধরতে পারেনা , এরা সবাই কোথায় থাকে ?কি খায়? কি পরে ? একটা শহরে এত লোক কোথা থেকে এলো? ..

এই যে এত লোকের সাথে রোজ দেখা হয় আমাদের , প্রতিদিন আপনার পাশের সিট এ কেউ না কেউ বসে,কোনোদিন ভেবে দেখেছেন আপনার পাশে যে লোকটা ১ ঘন্টা বসে এলো , তার সাথে আপনার আর কোনোদিন দেখা হবেনা , হওয়া সম্ভব নয় , অন্তত প্রবাবিলিটির নিয়ম তাই বলে ..অন্তত আমার তো কোনোদিন হয়নি।

মিছিল চলে গেছে এতক্ষনে, দুটো ট্রাফিক পুলিশ রাস্তা ক্লিয়ার করছে , হাত নাড়িয়ে নাড়িয়ে সব গাড়িগুলো কে যাওয়ার ইঙ্গিত দিচ্ছে। এতক্ষনে অটো ছাড়লো ..

বাড়ি পৌঁছোয় রমেন .. হাত মুখ ধুয়ে পড়তে বসে ..

স্টল থেকে ব্যানার ফ্যানার গুটিয়ে নিয়ে বেরোয় রামিজ ....

সন্ধ্যেবেলা বড় রাস্তার ধরে এক সিগন্যাল এ বাইক দাঁড় করিয়ে শবনমকে বাইকে বসিয়ে বসিয়ে রাস্তা দিয়ে যাচ্ছে হেলমেট পরা দুজনেই। অন্যদিকে তৃষার গাড়িতে তৃষা আর ইন্দ্র ফিরছে |

শাবনাম কে নিয়ে একটা মুসলিম পাড়ার ভেতরে বাইক থেকে নামায় রামিজ | তারপর নিজেও বাইক থেকে নেমে হেলমেটটা খুলে শবনম এর হাত থেকে হেলমেট নিয়ে বাইকে এর ওপর রাখে ।

রামিজ :- যা বাড়ি যা, সাবধানে যাস, গিয়ে খেয়ে দেয়ে ঘুমিয়ে পড়িস। আজ রাতে আর ফোন করতে হবে না... বাই।

সাবনাম:- বাই!!! কিসি দেবে না কপালে? সব সময় তো বাই বলার আগে কপালে কিস করো।

রামেজ:- না থাক ,যা...

শবনম :- আরে কি হয়েছে? এরকম করছ কেন?

রামিজ :- কিছু না... দেখ তৃষা আজকে সারাদিন স্টলে ছিল ইন্দ্রর সাথে। আমি তোকে কতবার আসতে বললাম স্টলে... এলি না তুই।

শবনম:- আরে বাবা আসতে দিল না, বলেছিলাম আসবো বলল না ওসব ব্যবসা ট্যবসা মেয়েদের জন্য নয় ওগুলো ছেলেদের জিনিস, ওসব এ না ঢুকতে।

রামিজ:- এইজন্যই তোর বাপকে আমি পছন্দ করিনা... তুই জানিস nykaa, limeroad, biocon .... all these big brands are founded by female entrepreneurs. মেয়েরা কোথায় পৌঁছে যাচ্ছে আর, আর তোর বাপ এখনো পর্দা প্রথার যুগে পড়ে আছে।

কিছুক্ষণ চুপ করে তারপর এগিয়ে এসে শবনমের কপালে চুমু খেয়ে বলে

"এবার যা ; অনেক বেজে গেছে আমাকেও বাড়ি ফিরতে হবে"

পেছনে ঘুরে শবনম চলে যায়

রামিজ বাইকে বসে হেলমেট পড়ে বাইক স্টার্ট দেয়।

পরদিন রাতে

রাত্রিবেলা ঢাকুরিয়া ব্রিজের উপর দিয়ে তিনজন হেঁটে হেঁটে আসছে নিজেদের মধ্যে গল্প করতে করতে।

ধরুন ক্যামেরা ওভারব্রিজের ওপর , টপ থেকে এস্টাবলিশিং শট.. হালকা হওয়া দিচ্ছে, সিগনাল আর হোর্ডিং গুলোতে লাল, নীল আলো দপদপ করে জ্বলছে | মাঝে মধ্যে এক দুটো গাড়ি আর ট্রাক পাস করে যাচ্ছে |

ইন্দ্র :- তো ফেসবুক গ্রোথ কেমন দেখছিস?

রামিজ:- খারাপ না, টার্গেটের কিছুটা নিচে যাচ্ছে, তবে আগের থেকে বেড়েছে । আরও বেশী করে ডেইলি পেজটাকে বুস্ট আপ করতে হবে, না হলে টার্গেট ফুলফিল হবেনা ।

ইন্দ্র :- অত বাজেট কোথায় ভাই !!! রোজ যে বুস্ট করব, সেলস তো সেই হারে বাড়ছে না |

রামিজ :- আর ওয়েবসাইট রিচ কেমন হচ্ছে? পার ডে কিরকম ভিজিটর হচ্ছে সাইটে? ট্রাফিক আসছে?

রামেন :- ওই আসছে ট্রাফিক...খুব ভালো না তবে , সপ্তাহে ৫০০ ভিজিটরই ক্রস করছে না আর এলেও হ্যাঁ তবে ইউটিউবের সাবস্ক্রাইবার বেস অনেকটা বেড়েছে | ভিউ ও বেড়েছে, দীপ্ত দার টিপস গুলো ফলো করে সোশ্যাল মিডিয়ার এনগেজমেন্ট অনেকটা বেড়েছে

ইন্দ্র :- আর প্রোডাক্টের কি হাল? ফিডব্যাক কেমন আসছে আপাতত যেগুলো গেছে? নতুন ডিজাইন লাগবে এখনও কিছুদিন পুরনোগুলো দিয়েই চলবে?

রমেন :- আপাতত কেউ নেগেটিভ কিছু বলেনি, সাইজ আর প্রিন্ট কোয়ালিটি নিয়েও কোন ইস্যু নেই

ইন্দ্র :- হুম, সুতরাং, আমাদের ডিজাইন আর কাপড়ের কোয়ালিটি তে কোনো সমস্যা নেই, যা আছে সেটা স্ট্রাটেজি আর মার্কেটিং এ | প্রোডাক্ট এ সমস্যা থাকলে একটা অন্তত নেগেটিভ রিভিউ আসতো | দ্যাখ, কোয়ালিটি নিয়ে কোন কম্প্রোমাইজ হবেনা কিন্তু, ওটাই আসল |

রামিজ:- হ্যাঁ একদম, তবে জানিস তো ওই যে আমরা অনেকগুলো নতুন এক্সক্লুসিভ টি-শার্ট রেখেছিলাম স্টলে, তার মধ্যে " ঝাঁটের লাইফ " টি-শার্টটা বেশ ভালো অর্ডার আসছে... বাকি গুলোর সেরকম রেসপন্স নেই, ও আরেকটা ছিল না “ কি আর হবে !" ওটারও মোটামুটি কাটতি ভালোই । বাকিগুলোর সেরকম রেসপন্স নেই |

ইন্দ্র :- আস্তে আস্তে হবে... সব কি এত তাড়াতাড়ি হয়। মানুষকে ব্যবহার করতে দে। ইউজ করে দেখুক কয়েক মাস তবেই না ওয়ার্ড অফ মাউথ কাজে আসবে।

রামিজ:- আচ্ছা, কিছু টি-শার্ট আমাজন বা ফ্লিপ্কার্ট এ দিয়ে দিলে হত না ? ওখানে প্রোডাক্ট লিস্ট করিয়ে দিয়ে যদি সেল হই কিছু

ইন্দ্র:- তাহলে কি ছিঁড়তে এত খাটনি করে ওয়েবসাইট বানানো? পেজ বানানো? সোশ্যাল মিডিয়া তে প্রমোশন করা ? বাড়িতে টিশার্ট বানিয়ে আমাজন এ দিয়ে দিলেই তো হয় .. বা দোকানে দোকানে গিয়ে গেঞ্জি দিয়ে আয় যা.. বা গড়িয়াহাটের ফুটপাথে বস .. স্টার্টআপ করার, এত পড়াশুনো করা স্টার্টআপ নিয়ে, এত টেকনিক্যাল আলোচনা করে কি হবে , তাই না?

রমেন :- ভাই,নেমেছি যখন সবটা করেই ছাড়বো। ভাবছি এবার কোম্পানি রেজিস্ট্রেশন ট্রেড লাইসেন্স, ডিড এগুলো করিয়ে নিলে হয়না? নাহলে কিন্তু ফান্ডিং পাবো না

ইন্দ্র :- না ভাই, আর কিছুদিন যাক আরেকটু গ্রোথ হোক | অ্যাটলিস্ট কিছু ইনভেস্টর মেইলের রিপ্লাই দিক,তারপর ওসব। উই আর আউট অফ ফান্ডস নাও । যা টাকা পয়সা ছিল সব শেষ ভাই আমাদের স্টার্টআপ আর কতদিন বুটস্ট্র্যাপ মডেল এ চলবে?

রামিজ :- বুটস্ট্র্যাপ মডেল টা আবার কি?

ইন্দ্র:- মানে যদি কেউ কোন ভেঞ্চার ক্যাপিটাল ফার্ম বা এঞ্জেল ইনভেস্টর ছাড়া নিজের লিমিটেড সোর্স অফ মানি দিয়ে বিজনেস স্টার্ট করে আর বিজনেসের প্রফিট থেকেই বিজনেস কে গ্রো করে.. লাইক ওয়াও মোমো

রামিজ :- আচ্ছা দেখ , কিছু অর্ডার তো আমাদের বেড়েছে লাস্ট এক মাসে এই PR ক্যাম্পেইন গুলোর পরে |

ইন্দ্র :- ধুর, ওতে লাভ কি হচ্ছে? ঠিকঠাক টেকনিক্যাল টিম নেই,একটা ঠিকঠাক কোন অফিস স্পেস নেই, কাস্টমারের লিড জেনারেশন হচ্ছে না,হলেও কনভার্ট হচ্ছে না, একটা প্রপার সেলস টীম লাগবে, একটা data analysis টিম লাগবে, এইভাবে মাইক্রোসফট এক্সেল ইউজ করে আর কতদিন কাজ হবে। একটা ভালো data analysis সফটওয়্যারে শিফট করতে হবে, নিদেনপক্ষে powerBI

রমেন :- হবে হবে, সব হবে। একদিন দেখবি ওই যে ব্যানারটা দেখছিস ওখানে আমাদের কোম্পানির ব্যানার থাকবে

হালকা একটু হেসে কিছুক্ষণ চুপ করে..

জানিস , আমি তো মফস্বল এর ছেলে তো আমি যখন ফার্স্ট কলকাতায় আসি আমার খুব অবাক লাগতো এই ব্যানার গুলো দেখলে..যে এই এত বড় ব্যানরগুলো কে টাঙ্গায়, কখন টানায়!!!কোনদিন কাউকে দেখিনি এগুলো চেঞ্জ করতে কিন্তু তাও কিছুদিন পরপর ব্যানারগুলো চেঞ্জ হয়ে যায় হাহাহা।

ইন্দ্র একটু হেসে বলে-

আমার ছোটবেলায় একটা ডায়েরী ছিল জানিস তো I was fascinated with ব্র্যান্ড লোগো | পেপার থেকে যে কোম্পানির লোগোটা দেখতে ভালো লাগতো সেগুলো কেটে কেটে ডায়েরিতে লাগাতাম

রমেন :- দেখ এতদিন এতগুলো ইনভেস্টর কে মেইল করেছিলাম কি হয়েছে, রিপ্লাই আসেনি তো। এই ক্যাম্পেইন গুলোর পর অন্তত একজন ইনভেস্টর আমাদের মিটিং এর জন্য ডেকেছে। ওটাই অনেক; Opportunities are like buses একটা এলে আরেকটা আসবেই সেটা দেরিতে হলেও | একটা এসেছে মানেই we are on the right track, জাস্ট ভালো করে তৈরি করতে হবে মিটিং এর জন্য।

ইন্দ্র :- হ্যা গুরু বলেছে, success is where opportunity and preparation meet together.

কাট টু নেক্সট সিন .. এস্টাবলিশিং শট

একটা ফ্যাক্টরিতে একটা মেশিন চলছে, লেবাররা কাজ করছে।

একজন ব্লেজার পরা লোক ঘুরে ঘুরে সব কাজ দেখছে, ওর পেছনে ফর্মাল শার্ট ইন করে পড়ে হাতে ফাইল নিয়ে ওরা তিনজন দাঁড়িয়ে আছে|

পান চিবোতে চিবোতে বলে লোকটা -

"দেখো, তোমাদের প্রবলেম গুলো সবই বুঝলাম... তোমরা বেশ ভালো কাজ করছ এন্টু নিয়ে, তোমাদের যে শপিংমলের ভিডিওটা ফেসবুকে বেশ ভাইরাল হয়েছিল ওটা আমার সেক্রেটারী দেখিয়েছিল আমাদের, তারপর দেখলাম তোমরা মেইল করেছ, মেইলে তোমরা একটা ছোট ভিডিও লিঙ্ক পাঠিয়েছিলে, সেটা দেখেই বুঝলাম ওটা তোমরাই ;

তো ভাবলাম একবার ডেকে পাঠাই তোমাদের।

আগে বলতো আমার কাছ থেকে যে ফান্ডিং নেবে তোমরা , তো আমার কোম্পানির ব্যাপারে কি জানো তোমরা?"

ইন্দ্র :- স্যার ,যতদূর পড়েছি আপনারা হাইড্রোলিক মেশিন তৈরি করেন, গাড়ির বিভিন্ন স্পেয়ার পার্টস তৈরি করেন, সাথে ডিজাইনও করেন ।

চূর্ণীলাল হাঁটতে হাঁটতে ফ্যাক্টরির লাগোয়া একটা চেম্বারে নিয়ে গিয়ে বসায় ওদের ;

একজন লোক এসে টেবিলে চা দিয়ে যায় চারজনকেই।

চুর্নিলাল :- বাহ অনেক কিছু জানো তো, নাও চা খাও।

আমার বাবার বিসনেস ছিল এটা, বাবা, তারপর আমি, তারপর এখন আমার ছেলে , ৩ জেনারেশন। পুরো ইন্ডিয়াতে ছ'টা স্টেটে আমাদের ফ্যাক্টরি আছে, ১৮ টা শহরে আমাদের কারবার চলে, পুরা ওয়ার্ল্ডের আটটা কান্ট্রিতে আমাদের মাল এক্সপোর্ট হয়। আমার বাবা ছিলেন মোটর মেকানিক | ইউপি-র কনৌজ জেলার আকিলপুর গ্রাম থেকে কলকাতায় এসেছিলেন গ্যারেজে কাজ করতে। 10 বছর কাজ করার পর নিজের একটা ছোট গ্যারাজ আর কার রিপেয়ারিং শপ খোলেন। সেখান থেকে আজ এখানে।

ইন্দ্র :- বাহ বাহ ,এতো কিছু তো জানতাম না কিন্তু আপনারা যে কলকাতার অনেক ভালো ভালো স্টার্টআপে ইনভেস্ট করেছেন সেটা শুনেছি

চূর্ণী :- হ্যাঁ তা করেছি | আর তারা সবাই আমাকে গুড রিটার্ন ও দিয়েছে। কিন্তু তোমাদের লাস্ট ৬ মাসের সেলস রিপোর্ট দেখে তো আমি কনফিউজড।

টেবিলের উপর থেকে ফাইল নিয়ে পেজ উল্টাতে থাকে চূর্ণীলাল...

ইন্দ্র :- না স্যার,আসলে আমরা অর্ডার অনেক পাচ্ছিলাম কিন্তু ডেলিভারি সিস্টেম , লজিস্টিক্স এগুলো প্রপার ছিলনা বলে সব অর্ডার কনভার্ট করতে

পারিনি, তার ওপর স্যার মার্কেটিংয়ে ও সেরকম ইনভেস্ট করতে পারিনি

চূর্ণী :- সেসব তো ঠিক আছে কিন্তু কি ভরসায় ইনভেস্ট করি বলতো?

রমেন- স্যার আমরা খুব হার্ড ওয়র্কিং খুব ডেডিকেশন নিয়ে কাজ করছি, আর ফান্ডিং পেলে তো স্যার জান লাগিয়ে দেব।

চূর্ণী :- ধুর, ওরকম তো ইনভেস্টর কে সবাই বলে। শোনো লাস্ট ৫ বছর ধরে ইনভেস্টমেন্ট করছি | শুধু লাস্ট বছর এই কতগুলো স্টার্ট আপ voluntarily শাট ডাউন হয়েছে জানো?

রামিজ :- না স্যার জানিনা..

চূর্ণী :- ১০১১৩, ৯২% বুটস্ট্রাপেড স্টার্টআপ ফেল অফ | ৭৫% অফ ভেঞ্চার স্টার্টআপ ফেলড । কি গ্যারান্টি আছে তোমাদেরটা নেক্সট ইয়ার ওই লিস্টে থাকবেন না??? হুম???

তিনজন চুপ করে এর ওর মুখের দিকে তাকিয়ে থাকে কিছুক্ষন, ঢোক গেলে। চুর্নিলাল ফাইল পড়া বন্ধ করে টেবিলের উপর ফাইলটা রেখে একটু নরম গলায় বলে

যাগ্গে, দেখো তোমাদের ডেকেছি যখন একদম খালি হাতে ফেরাবোনা। আর ফেল করুক আর যাই করুক.. স্টার্টআপ ই তো ফিউচার ভাই। আমি সব ইয়ং এন্টারপ্রেনারদের রেসপেক্ট করি যে ওরা জব শিকার না হয়ে জব ক্রিয়েটর হবার সাহস দেখিয়েছে বলে...এমপ্লইমেন্ট এর এই সিচুয়েশন দেশে , তোমাদের মত ছেলেদেরই তো এখন এগিয়ে আসতে হবে... আর স্টার্টআপ এ ইনভেস্ট করলে সেটাকে দাঁড় করানোর কিছুটা দায়িত্ব তো আমার ও থাকে, তাই বলে আমি কিন্তু সবসময় তোমাদের সাথে ঘুরতে পারবনা, এটা মাথায় রেখো | হা, ফোন করলে মাঝেসাঝে টিপস দিয়ে দেব কিছু .. পারবে তো ?

রামিজ :- হ্যা স্যার , নিশ্চই পারব |

ঘাড় নাড়ায় চূর্ণী

রমেশ ধরা ধরা গলায় –

স্যার ফান্ডিং টা?

চূর্ণী :- দেখো, মার্কেট ভালো না এখন এইসব প্যানডেমিক ফ্যানডেমিক এ আমাদের প্রচুর ড্যামেজ হয়েছে তো তোমাদের আমি ২০ লাখ দিতে পারি আপাতত। কিন্তু আমি ২০% ইকুইটি শেয়ার নেবো। এবার বলো, তোমাদের কোনো কাউন্টার অফার বা কিছু থাকলে ..

তিনজন একসাথে একবার নিজেদের মধ্যে চাওয়াচায়ি করে নিয়ে একসাথে বলে- রাজি স্যার,

"আমরা রাজি"

চূর্ণী :- বাহ, তোমাদের ব্যবসায় কেন ইনভেস্ট করলাম জানো? প্রথমত তোমাদের বিজনেস এরিয়া অনেক বড়, আট থেকে আশি সবাই তোমাদের পোটেনশিয়াল কাস্টমার, সেকেন্ড তোমাদের প্রেজেন্টেশন দেখে বুঝলাম তোমরা অনেক পড়াশোনা করে জেনে বুঝে ব্যবসায় নেমেছো | সৎভাবে লেগে থাকলে তোমরা অনেক দূর যাবে, আর সবথেকে বড় তোমাদের কোন ফান্ডিং ছাড়া সেরকম কোন প্রফিট ছাড়াও যে তোমরা হাল ছাড়নি, কোম্পানি শাট ডাউন করে দাও নি , ওয়েট করেছো চেষ্টা চালিয়ে গেছো, এটাই বড় ব্যাপার।

. ইন্দ্র ছলছল চোখে একবার হ্যান্ডশেকের জন্য হাত বাড়ায় চুনিলাল এর দিকে তারপর সেটা বাড়াবাড়ি হবে বুঝতে পেরে আবার হাত পিছিয়ে নিয়ে বলে থ্যাংক ইউ স্যার,থ্যাংক ইউ সো মাচ।

চূর্ণী :- হ্যা, দেখো আমাদের লোহা-লক্কড়ের কারবার | ফার্স্ট টাইম ক্রিয়েটিভ কোন স্টার্টআপ এ ইনভেস্ট করলাম কেন যেন? কারণ, 'Bengal is the hub of creativity ' আমার বাবাতো সত্যজিৎ রায়ের বিশাল ফ্যান ছিলেন | ওনার সব ছবি দেখতেন নায়ক, অপরাজিত,গুপিগাইন, আগন্তুক উফফফ কি সব ছবি। উত্তম কুমার, সৌমিত্র, উৎপল দত্ত, ভানু, কি সব অভিনেতা...বাড়িতে সারাক্ষণ কিশোর কুমার, মান্না দে, সন্ধ্যা মুখার্জির গান শুনতেন তবে আমি আবার একটু ঝিনচাক, ওই লে পাগলু ডান্স, ঝিনকুনাকুর .. হাঃ হাঃ । আমি জিতের ফ্যান আছি, এই বস দেখেছ তোমরা?

হাসতে থাকে চুর্নীলাল..

ইন্দ্র :- হ্যাঁ স্যার, একদম। He is the boss boss boss.....

সবাই হাসতে থাকে।

চুর্নী একটা বেল বাজালো, একজন ক্লার্ক ঘরে ঢুকে কিছু পেপারস রাখবে টেবিলে

চূর্ণী :- নাও, সইসাবত হয়ে যাক। শোনো প্রথম এ ইন্সটলমেন্টে আমি ১০ lakhs দেব তারপরে ছয় মাস পরে তোমাদের সেলস রিপোর্ট দেখে আরো ১০ lakhs... ভালো সেলস টীম তৈরী করো বুঝলে, কোল্ড কলিং করাও তাদের দিয়ে আর তোমরা কোন মডেলের বিজনেস করছ? d2c?

রামিজ :- হ্যা স্যার, d2c

চূর্ণী হালকা একটু হেসে একটু পুরনো কথা ভেবে বলে জানো আমার বাবা একটা কথা বলতো –

There is no such thing as b2b, b2c or d2c... All business are always p2p.. People to people ...হাহাহা... আর শোনো ঐসব ইনস্টাগ্রাম এ ব্লেজার পরে Mercedes, BMW নিয়ে ছবি দেবে বলে আর কিছু বিসনেস কনফারেন্সে গিয়ে ফ্রি তে খাবে বলে যদি বিজনেস করতো নামো তালে আজকে বাড়ি গিয়েই কোম্পানি তে তালা লাগিয়ে দিও | Always remember an entrepreneur is who can solve the gap in people's life. Your moto is to serve the society, not yourself.

পেপারটা ওদের দিকে বাড়িয়ে দেয় চুর্নিলাল, ওরা ৩ জন সেটাতে সই করে দেয়

অবশেষে ফান্ডিং জোগাড় হলো , এবার অনেক বড়ো দায়িত্ব ওদের সামনে

রমেন বাড়িতে সন্ধ্যেই বিছানায় শুয়ে শুয়ে ভাবে ....

সবার আগে অফিস স্পেস লাগবে একটা , কতদিন আর এই ছোট্ট মেসের ঘরটায় কাজ চলবে | বাড়িওয়ালা জেঠু একদিন ডেকে অলরেডি কথা শুনিয়েছে

" তোমার ঘরে রোজ বন্ধুবান্ধব কেন আসে ! ভাড়া দেওয়ার সময় তো এরকম কথা ছিলো না যে রোজ বন্ধুরা আসবে। নাহ , নাহ এগুলো তো ঠিক নয় , এ কি !! যখন তখন যে পারছে এসে ঢুকে যাচ্ছে। বাড়ির ভেতর , সেদিন তো একটা মেয়েও এসেছিলো , গলা পাচ্ছিলাম | এভাবে চললে তোমাকে ভরসা করবো কিকরে? "

নাহ , এরপর আর এভাবে বেশিদিন চলতে দেওয়া যায়না , অফিস স্পেস দরকার , আর এই তিন জন মিলে ব্যবসা চলছে না , এবার একটু টীমও বড়ো করা দরকার| অসম্ভব চাপ পড়ছে তার নিজের ওপরেও। পড়াশুনো তো প্রায় বন্ধ লাস্ট ২ মাস ধরে , যখন ই পড়তে বসেছে তখনই রামিজ বা ইন্দ্র ফোন করে বলেছে ওয়েবসাইটে কিছু একটা টেকনিক্যাল এরর এসেছে , ফিক্স করতে হবে সেটা , তাড়াতাড়ি।

ব্যাস , পড়াশুনো সেদিনের মতো বন্ধ।

মাঝে মাঝে নিজেরই মনে হয়েছে যে এভাবে চলতে দেওয়া যাবেনা , মাঝে মনে

হয়েছে সব ছেড়ে ছুড়ে দিয়ে গ্রামে ফিরে যাই , কিন্তু পরক্ষনে আবার নিজেকে বুঝিয়েছে সে , এভাবে হেরে যাবে , পিছিয়ে যাবে বলে শহরে আসেনি

সে তার নিজের গ্রাম ছেড়ে।

আসলে কেউই হেরে যাওয়ার জন্য আসেনা , দীপ্ত দা বলে .. সব মানুষই জেতার চেষ্টা করে আসলে ,কেউ পারে কেউ পারেনা। Escapism is never a solution.

রমেনও হাল ছাড়বে না , ছোটবেলা থেকেও শুনে এসেছে বাঙালির দ্বারা ব্যবসা হয়না ;

বাঙালি জন্মেছে চাকরি করার জন্য , ওকেও বড়ো হয়ে সেটাই করতে হবে | বাবার এই ভুল টা ও ভেঙে দেবে।

প্রথম প্রথম কিছুটা অনিচ্ছা আর সংশয় নিয়ে শুরু করলেও এখন কেমন যেন একটা জেড চেপে বসেছে | হাল না ছাড়ার জেদ , বাবার মুদিখানার দোকানের ওই 100 স্কোয়ার ফুটের গন্ডি পেরোনোর জেদ। ছোটবেলায় স্কুলে পড়া না পারায় একজন টিচার বলেছিলো -

"তোর আর কি , পড়াশুনো না করলেও কিছু যায়ে আসেনা , বাবার দোকান তো আছেই , কিন্তু বাকি বন্ধুদের নষ্ট করছিস কেন? নিজে যা খুশি কর.."

সেই টিচার কে ভুল প্রমান করার জেদ , দেবস্মিতার সামনে মাথা উঁচু করে দাঁড়ানোর জেদ।

পুরোনো কথাগুলো মনে পরে রমেনের , আজকাল রাত হলে কেমন যেন নেশার মতো লাগে , মাথায় পুরোনো অনেক কথা , অনেক ঘটনা ঘুরতে থাকে।

আজ শুয়ে পড়া যাক , রাত হয়েছে অনেক। দীপ্ত দার ঘর থেকেও আজ আর কোনো শব্দ আসছে না

সত্যিই তো , আজকাল তো র কোনো শব্দ আসেনা দীপ্ত দার ঘর থেকে !! আগে রাতে শুয়ে violin এর আওয়াজ , নাহলে কোনো বিদেশী গান বা পুরোনো বাংলা গান বা কোনো ফিল্মের ডায়ালগ ভেসে আসতো।

সিনেমার 5.1 অডিও সিস্টেম এর ব্যাপারে একদিন ওকে বুঝিয়েছিল দীপ্ত দা , বুঝিয়েছিল কেন সিনেমা হলে শোনা শব্দ গুলো অনেকদিন অবধি মাথায় থেকে যায়। মাঝে মাঝে নিজের ঘরেই লাইট অফ করে দু তিনটে টর্চ লাইট জ্বালিয়ে কিসব যেন করতো দীপ্ত দা , একদিন জিজ্ঞেস করায়ে বলেছিলো

লাইটিং শিখছি ;

কি লাইটিং , কিসের লাইটিং , কি হবে সেগুলো করে , সেসব কিছু বলেনি।

The Godfather বলে একটা ফিল্ম বারবার দেখে দীপ্ত দা, জানিনা কি আছে ওটার মধ্যে......

আমি যদিও ওতো শত বুঝি না সিনেমার । আমাদের গ্রামে কোনো হল ছিলোনা , সব থেকে কাছের হল বলতে ছিল রানাঘাট টকিজ ; সেখানে ছোটবেলায় বাবা ভিক্টর ব্যানার্জীর 'লাঠি' দেখাতে নিয়ে গেছিলো , আর টিভিতে দুপুর হলেই তখন প্রসেনজিৎ এর সিনেমা দিত। গ্রামে একটা বাড়িতে টিভি ছিল তখন , সবাই রবিবারে সেখানে জড়ো হয়ে সিনেমা দেখতাম।

বড়ো হওয়ার পর বন্ধুদের সাথে দেব আর জিৎ এর সিনেমা দেখতে যেতাম হলে । তখন হলে কি ভিড় হতো, ১০ টাকা করে টিকিটের দাম ছিল আর ব্যালকনি 20 টাকা। টিকিট নিয়ে মারামারি , হল এর ভেতর সিটি , লাইন দিয়ে ব্ল্যাকে টিকিট কাটা , সপ্তাহ ধরে হাউসফুল বাঃবাঃ ..

সে সব ভাবলেই এখন কেমন যেন লাগে। কলকাতায় এসে একবার সাউথ সিটির মাল্টিপ্লেক্সে সিনেমা দেখতে গেছিলাম , 350 টাকা টিকিট , হল এ গুটিকয়েক লোক , সবাই ঘুমোচ্ছে যেন , কারোর মধ্যে সিনেমা দেখার কোনো আগ্রহ নেই। আর তারপর থেকে কলকাতার কোনো হল এ যায়নি রমেন।

এবার ঘুমোনো যাক , কাল কয়েকটা অফিস স্পেস দেখতে যাওয়ার আছে।

এরপর বেশ কিছুদিন ধরে বেশ কয়েকটা অফিস স্পেস দ্যাখে ওরা , আলাদা আলাদা জায়গায় ঘুরে ঘুরে | কোনো টা কোনো বাড়ির দোতলায় তো কোনটা ১৬ তোলা টাওয়ার এর ১২ তলায়। সেই নতুন মেস খুঁজতে যাওয়ার দিনগুলো মনে পড়ছিলো রমেনের।

অবশেষে সব দেখে শুনে বাড়ির কাছাকাছি বাঘাযতীন এই একটা ১৫০০ স্কোয়ার ফিট এর স্পেস রেন্ট নেয় ওরা,যাতে যাতায়াতে বেশি সময় নষ্ট না হয় , আর যাতায়াত এর খরচা টাও বাঁচবে

মালিক এর হাতে ডিপোজিটের টাকা টা তুলে দেয় ওরা ;

অবশেষে নিজেদের অফিস স্পেস , এটা কি সত্যি নাকি স্বপ্ন !!

নিজের হাতে নিজেই চিমটি কাটে ইন্দ্র।

বাবার সাথে ক'বার বাবার 150000 sq.ft এর অফিসে গেছিলো ছোটবেলায় , আজ নাহয় ১৫০০ দিয়েই শুরু হোক , কাল কে বলতে পারে !!!

সুশান্ত সিং রাজপূত এর 'Kai po che' সিনেমার সেই বিখ্যাত সিনটা মনে পড়ছিলো ইন্দ্রর

যেখানে ঈশান , ওঁম আর গোবিন্দ ক্লাব ঘরের ভেতরে নিজেদের ছোট্ট দোকান টা শিফট করে বড়ো শপিং মলে নিয়ে যায় ..

ওদের নিজেদের পেছনেও আজ যেন কেউ “হে শুভরাষ্ট” গাইছে ....

আর গানের সাথে সাথে মন্টাজ এর মতো করে এক এক করে সিন গুলো হয়ে চলেছে , ওদের অফিসের এর ফিতে কাঁটা হচ্ছে , চুর্নিলাল ফিতে কাটছে , পাশে তৃষা , রমেন , ইন্দ্র , রামিজ , রামিজের মা আর ওদের আরো কিছু ক্লোস বন্ধুবান্ধব দাঁড়িয়ে আছে

আস্তে আস্তে ওদের অফিস সেজে উঠছে।

নতুন কম্পিউটার আসছে , ওদের তিন জনের জন্য আলাদা বোর্ডরুম কাম কেবিন তৈরী হচ্ছে ..

প্রমোশন আর মার্কেটিং এ ইনভেস্টমেন্ট বাড়ানোর পর থেকে অর্ডারও বেশ বেড়েছে।

রিসেন্টলি একটা প্রফেশনাল টীম কে দিয়ে একটা ৩০ সেকেন্ডের প্রমোশনাল ফিল্ম শুট করিয়েছে ওরা , ওদের চ্যানেল থেকে আপলোড করার পর বেশ সারা ফেলেছিলো সেটা , বেশ কিছু শেয়ার ও হয় | কয়েকদিন আগে একটা বড়ো ইউটিউব চ্যানেলে এন্ডোর্স ও করিয়েছে ওরা নিজেদের।

টীম বড়ো করার সময় এবার।

Naukri.com এ বিজ্ঞাপন দেয় ওরা, বেশ কিছু ছেলে ইন্টারভিউ দিতে এসেছে, মূলত designer আর developer

ইন্টারভিউ শেষ হয়।

টেকনিকাল টীম এ রমেন এর আন্ডারে কাজ করবে 2 জন , আর ডিসাইনার আপাতত 1 জন , সে ইন্দ্রর সাথে থাকবে

আর আউটডোর সেলস এর জন্য 2 টো ছেলেকে নেওয়া হয়েছে।

তাঁদের কাজ ইউনিভার্সিটি , শুপিং মল , ক্লাব এগুলোর বাইরে কোম্পানির দেওয়া টি-শার্ট পরে দাঁড়িয়ে আর হাতে কয়েকটা টি-শার্ট ঝুলিয়ে মাইক্রোফোন নিয়ে চিৎকার করে করে সেগুলো বিক্রি করা , আর যারাই সামনে দিয়ে যাবে তাঁদের হাতে একটা লিফলেট ধরিয়ে দেওয়া। তবে তাঁদের টা স্যালারি নয় , কমিশন বেসিস এ কাজ , সারাদিনের টোটাল সেলস এর 20% ওদের।

একজন একাউন্টেন্ট কাম ম্যানেজার রাখা হয়েছে , নাহলে প্রোডাকশনের সাথে সাথে ডেইলি সেলস রিপোর্ট বানানো টা রামিজ এর জন্য খুব কষ্টকর হয়ে উঠছিলো।

লিগাল দিকগুলোর যা যা দরকার সেগুলোও ইতিমধ্যে সেরে ফেলা হতো ..

একাউন্টেন্ট এর টেবিলে ট্যাক্স আর কমপ্লিয়েন্স এর কাগজ পত্র ভর্তি ..

ব্যবসা করা মানেই যে শুধু তৈরী করা , মার্কেটিং করা আর বেচা নয় , ট্যাক্স আর

কমপ্লিয়েন্স এর হাজারো ঝামেলা সারাদিন ঘুরপাক খাবে ওদের আশেপাশে সেটা বেশ টের পাচ্ছে ওরা।

নতুন একজন গার্মেন্ট ম্যানুফ্যাকচারার এর সাথে এখন কাজ করছে ওরা | আগে যে ছিল তার পক্ষে দিনে এত টি-শার্ট এর অর্ডার সামলানো আর সম্ভব হচ্ছিলো না।

কলকাতায় আসার পর ৭০০ টাকায় ভাড়া নেওয়া পুরোনো সাইকেলটা নিয়ে রমেন আজকাল আর ডেলিভারি করতে যায়না ।

একটা logistics কোম্পানির সাথে tie-up করা হয়েছে , এখন সব অর্ডার ওরাই ডেলিভারি দেয় কাস্টমার এর বাড়িতে তবে কাস্টমার রিভিউ গুলো ইন্দ্র খুব মন দিয়ে পরে তার সাথে সাথে বেশ কিছুটা সময় এখন ইন্দ্র কে সোশ্যাল মিডিয়া তে দিতে হয় |

কি ট্রেনডিং চলছে , কি হ্যাসট্যাগ বেশি ভালো খাচ্ছে পাবলিক , কোন কি-ওয়ার্ড ব্যবহার করলে বেশি অডিয়েন্স এর কাছে ওদের পোস্ট বা মিম গুলো পৌঁছবে সেগুলোও খুঁজে খুঁজে বার করতে হয় ওকে।

পুরো ডিজিটাল মার্কেটিং টা একাই সামলায় এখন ইন্দ্র।

ডিসাইন এর দায়িত্ব ওই নতুন ছেলে টা কে দেওয়া হয়েছে।

আসলে স্টার্টপে তো ঐভাবে জব ডেসক্রিপশন বলে কিছু হয়না , কাজের ভেদাভেদ ও কিছু নেই ; সবাই কেই সবটা সামলাতে হয়

সপ্তাহের শেষে একবার করে বোর্ড মিটিং হয় , সব এমপ্লয়ীরা সেখানে জড়ো হয় .. পরের সপ্তাহে কত সেলস বাড়ানো যায় সেই নিয়ে জটিল ব্যবসায়িক আলোচনা চলে সেখানে |

তবে কাউকে সেলস টার্গেট দেয়না ওরা,কারণ ওরা জানে টার্গেট মানুষ কে অকারণে ভীত করে তোলে , চাপ বাড়িয়ে দেয় কাঁধের ওপর , তাতে

তাঁদের পারফর্মেন্স খারাপ হয় আসলে , দীপ্ত দা বলেছিলো |

দীপ্ত দা ও ইতিমধ্যে একজন প্রোডিউসার পেয়েছে নাকি , ওর বানানো একটা 20 মিনিট এর শর্ট ফিল্ম বেশ আলোড়ন তুলেছে সোশ্যাল মিডিয়া তে , বেশ কিছু আন্তর্জাতিক পুরস্কার ও পেয়েছে।

এবার নাকি মুম্বাই যাচ্ছে ছবির কাজে;

ওখানেই শুটিং করবে , 6 মাস ওখানেই থাকবে

মাঝে বেশ কয়েকবার চুর্নিলাল এর সাথে দেখা করেছে ওরা , ব্যবসার ব্যাপারে কথা বলেছে , বেশ কিছু পরামর্শ দিয়েছে চুর্নিলাল ওদের | সাথে সেলস রিপোর্ট ও দেখেছে খুঁটিয়ে খুঁটিয়ে |

অফিস এ যেহেতু অনেক টি -শার্ট সারাদিন স্টোর করে রাখতে হয় তাই একটা CCTV ক্যামেরাও লাগানো হয়েছে।

প্রথম তিন মাস তবে সত্যি বলতে সেরকম লাভ হয়নি ওদের , চতুর্থ মাস থেকে লাভের মুখ দেখছে ওরা ...

রামিজ চেয়ার এ বসে বিজনেস স্ট্যান্ডার্ড পড়ছে। মিটিং রুম এ মিটিং চলছে কিছু লোকের সাথে, তৃষা সেখানে একটা প্রেসেন্টেশন দিছে.. Bar diagram, pie chart, supply demand curve আঁকা আছে বোর্ড-এ। ইন্দ্র সব ডেস্কটপ ঘুরে ঘুরে টি -শার্ট এর ডিজাইনগুলো চেক করছে, কোনটা পছন্দ হলে প্রশংসা করছে, কোনটা বলছে চেঞ্জ করতে। রামিজ গিয়ে একটা ডিজিটাল মার্কেটিং এজেন্সি তে মিটিং করে ব্লেজার পোড়ে বেরিয়ে আসছে হাসতে হাসতে।

এখানে হারশাদ মেহেতা স্ক্যাম এর মত একটা স্লো মোশান শট রাখা যেতে পারে...

ইনফোগ্রাফিক্স-এ দেখানো হচ্ছে ওদের সোশ্যাল মিডিয়া রিচ বাড়ছে, সেলস টীম এর ছেলে মেয়েরা প্রচুর ফোন কল এটেন্ড করছে, একজন সেলিব্রিটি মডেল কে কিছু টি-শার্ট পরিয়ে ফটোশুট করানো হচ্ছে। প্রপার ষ্টুডিও সেট আপ এ; আগের মতন নিজেদের পুরোনো ক্যামেরায় নয়।

ওরা ৩ জন মিলে গার্মেন্টস ম্যানুফ্যাক্টরিং ফ্যাক্টরি তে ভিসিট করে, একজন লোকের সাথে ইন্দ্র হ্যান্ডশেক করে। রাস্তায় ব্যানার লাগানো ওদের কোম্পানি র, এক এক করে ওদের গোডাউন থেকে একটা করে টি-শার্ট সরে যাচ্ছে।

অফিস এ একটা ছোটো সেলেব্রেশন পার্টি হয়, কেক কাটা হয়, একজন আরেকজন কে থায়িয়ে দেয়, গালে মাখিয়ে দেয় । একটা দামি রেষ্টুরেন্ট-এ গিয়ে মদ খায় ওরা ;৩ জন মিলে চিয়ার্স করে |

ধরে নিন , “হে , শুভরাম্ভ" গানটা অনেক্ষন বাজতে বাজতে এবার থামলো শেষমেশ

postlude বাজছে এখন ...

ফান্ডিং পাবার পর ৬ মাস হয়েই এসেছে প্রায় | এর মধ্যেই চুর্নিলাল ইন্দ্রকে ফোন করে |

চুর্নিলাল :- ইন্দ্র, তোমাদের লাস্ট তিন মাসের সেলস রিপোর্ট টা দেখলাম।

I am very much satisfied with your growth. কাউকে একজনকে পাঠিয়ে দিও বাকি 10 lakhs এর চেকটা নিয়ে যাবে।

ইন্দ্র :- থ্যাঙ্ক ইউ স্যার ..থ্যাঙ্ক ইউ সো মাচ..

বলে ছলছলে চোখে নিজের কেবিনে বসেই ফোনটা রেখে সেলিব্রেশন এর মত করে হাত তুলে লাফায় ইন্দ্র |

গান, postlude সব শেষ , একটা লম্বা ট্রানজিশান এবার ...

5

মায়ার জীবন বন্ধু ,বুঝবি কি তার ছলচাতুরি

বিকেল বেলা...

অফিসে কর্মচারীরা বসে কাজ করছে। রমেন দরজা ঠেলে মিটিং রুমে ঢোকে, একটা চেয়ারে চুপচাপ বসে আছে ইন্দ্র | দেখেই বোঝা যাচ্ছে বেশ চিন্তায় আছে | শুকনো মুখের উপর দিয়ে হাত বোলাচ্ছে।

রমেন :- ভাই, আমাকে একটু বেরোতে হবে আজ রাতের ট্রেনে। কাকু ফোন করেছিল বাবার শরীর নাকি খারাপ হয়েছে হঠাৎ | আজ পাঁচটা নাগাদ বেরিয়ে যাবো আমি।

ইন্দ্র শুধু মাথা টা ওপর নিচে নাড়বে, কোনো কথা বলে না...

রমেন :- কিরে কিহলো? ওরম কেন? টাকাটা ঢোকেনি এখনো?

ইন্দ্র :- হ্যা, ঢুকেছে একটু আগে | তবে ১০ লক্ষ নয়, ৯ লক্ষ জমা পড়েছে। আমি একাউন্ট ব্যালান্স সকালে চেক করেছিলাম। এখন আরেকবার করলাম। ৯ লাখই ডিপোজিট হয়েছে।

রমেন একটু অবাক হয়ে জিজ্ঞেস করে-

কি বলছিস? তোর কোথাও ভুল হচ্ছে না তো?

ইন্দ্র খোলা ল্যাপটপে কয়েকটা সুইচ টিপে রমেন কে সেদিকে দেখতে বলে,

আয় তুই নিজেই দেখ ভুল হচ্ছে কিনা। তিনবার করে চেক করেছি জার্নাল এন্ট্রি লেজার বুক ডেবিট-ক্রেডিট সবকিছু | আজকে 1 লাখ এর কোনো ট্রানজাকশন হয়নি।

রমেন :- কে গেছিলো চেক আনতে?

ইন্দ্র :- রামিজ..আমি চুর্নিলাল কে ফোন করলাম, সেতো আমাকে একগাদা কথা শুনিয়ে দিলো। বলছে ১০ লক্ষ এর চেক এ ৯ লক্ষ ডিপোজিট কি ভাবে হয়ে। চ্যাংড়ামি মারার জায়গা পাওনি, টাকা না পেলে তোমরা নিজেরা ১ লক্ষ টাকা নিয়ে কি করেছো তারপর হিসাব আমাকে দেবে। তোমাদের মতো উটকো ছেলেদের ভরসা করা আমার ভুল হয়েছে, এসব যাতা বলে যাচ্ছে..

রমেন :- রামিজ কোথায়? আসেনি অফিস এ ?

ইন্দ্র :- নাহ সকাল থেকে দেখিনি, ফোন করেছিলাম ধরেনি

রমেন :- ওসব ছাড়.. তুই আগে পাসবুকটা ব্যাংক এ গিয়ে আপডেট করা। আগে ওটা কর, তালেই তো সব মিলে যাবে হিসেব।

ইন্দ্র খোলা ল্যাপটপ এর দিকে ইশারা করে বলে –

ধুর পাসবুক!!

তখুনি দরজা থেকে ভেতরে ঢোকে রামিজ

রামিজ :- বল ইন্দ্র কি খবর? পার্টি ম্যান.. পার্টি চাই.. চেক টা ফেলে দিয়েছিলাম ব্যাংক এ, ঢুকে গেছে তো টাকা? এই আজ কিন্তু ইন্দ্র ট্রিট দেবে।

ইন্দ্র :৯ লক্ষ ঢুকেছে কেন? বাকি ১লক্ষ কোথায় রামিজ?

রামিজ খুব ক্যাজুয়ালি যেন কিছুই হয়নি| হাসতে হাসতে বলে-

" 1 লাখ আমি নিয়েছিলাম ওখান থেকে, বলতে ভুলে গেছিলাম | আমার একটু ক্যাশ কম পড়েছিল। আরে কালকে আমার আর শবনমের anniversary, শবনমের অনেক দিনের ইচ্ছা একটা ভালো ডায়মন্ড রিং এর...চেয়েছিল শখ করে তো, ওই আর কি.... একটা রিং কিনলাম আর কালকে ম্যারিয়ট যাবো ওকে নিয়ে ডেট এ। টাকা দিয়ে দেবো, দিয়ে দেবো...চাপ নিস না। পরের সপ্তাহে পেমেন্টটা আসবে তখন দিয়ে দেবো"

ইন্দ্র চেয়ার ছেড়ে উঠে পরে হঠাৎ রেগে গিয়ে,আরে এইসব কি পাগলের মতো কথা বলছিস তুই তোর বাপের টাকা ওটা? কোম্পানী একাউন্ট থেকে কাকে বলে টাকা নিয়েছিস তুই? পারমিশন নিয়েছিস আমার থেকে?

রামিজ :- না মানে, আমায় ভুল বুঝিস না ভাবলাম দেখা হলে জানিয়ে দেবো

ইন্দ্র :- আরে কি বলছিস, মাথা ফাথা গেছে নাকি তোর ? বাচ্চা ছেলে তুই!!! নাকি ন্যাকামো মারছিস বানচোদ? হ্যাঁ, এই বুদ্ধি নিয়ে বিজনেস করছিস তুই? একে এরকম একটা পাগলাচোদার মত কাজ করেছিস তারপর সেটাকে আবার লজিক দিয়ে ডিফেন্ড করছিস যেন কিছুই হয়নি। আর দেখা হলে কি জানাতিস ? তোর জন্য আমাকে চুর্নিলাল এর কাছে এতগুলো কথা শুনতে হলো... তোর বাঁড়া যোগ্যতাই নেই বিজনেস করার.. যা গিয়ে মায়ের পাশে বসে সেলাই মেশিন চালা।

রামিজ :- ইন্দ্র, এবার বাড়াবাড়ি করছিস কিন্তু তুই। টাকাটা ফেরত দিয়ে দেবো বলেছি তো, ১ উইক টাইম দে |

ইন্দ্র :- ছিঃ ছিঃ... কোম্পানির একাউন্ট থেকে টাকা তুলে তুই ওই মেয়েটা কে রিং কিনে দিয়েছিস!!! ওই মেয়েটা তোর পুরো মাথাটা খেয়ে ফেলেছে| অবশ্য ঠিকই আছে ,তোকে বলে কি লাভ!! ও যা ডেঞ্জারাস মেয়ে, ওই মেয়ে কতজন এর সাথে শুয়ে বেড়ায় জানিস তুই?

রামিজ :- শবনম কে নিয়ে একটা বাজে কথা বললে মেরে মুখ ফাটিয়ে দেবো শুওরের বাচ্ছা |

রমেন মাঝখান থেকে দুজন কে থামানোর চেষ্টা করছে;

বড়সড় অশান্তি লাগবে বুঝতে পারছে রমেন ...

ইন্দ্র :- হ্যা হ্যা, বাল ছিড়বি তুই... ও যে কত বড়ো মাগি সবাই জানে সেটা, সবাই দেখেছে ওকে যাদবপুর প্লাটফর্ম এর সাবওয়ে তে অন্য একটা ছেলের সাথে চুম্মাচাটি করতে, যা বাঁড়া, আজ সন্ধেয় গেলেও হয়তো দেখতে যাবি কপাল ভালো থাকলে, বাল..

রামিজ এগিয়ে আসে সাঁটিয়ে একটা চর মারে ইন্দ্র কে, তারপর অফিস থেকে বেরিয়ে যায়।

আবার একটা লম্বা ট্রানজিশান

সন্ধে বেলা, ফাঁকা মিটিং রুমে হালকা একটা আলো জ্বেলে ইন্দ্র বসে আছে, ফোন বেজে উঠলো হটাৎ।

তৃষা কলিং..

তৃষা :- বাড়ি আয় ইন্দ্র, দরকার আছে আর্জেন্ট..

ইন্দ্র : হ্যা আসছি

আবার ধরুন দুটো সিন এ একটা প্যারালাল এডিট চলছে..

একদিকে বাইকে চালিয়ে বাড়ি ফিরছে ইন্দ্র

অন্যদিকে রামিজ সিঁড়ি দিয়ে নামছে, একটা আবছা আলো অন্ধকার ফাঁকা সাবওয়ে.. টিপ টিপ করে একটা পাইপ দিয়ে জল পড়ছে। দূরে একদম সাবওয়ে এর শেষ মাথায় একটা ছেলে একটা মেয়ে দাঁড়িয়ে আছে, খুব ক্লোস হয়ে।

রামিজ জোর পায়ে এগিয়ে যাবে তাঁদের দিকে.. রামিজ ক আসতে দেখে ছেলেটাকে ঠেলে দূরে সরিয়ে দেবে শবনম।

শবনম :- যাও যাও এখন থেকে, পালাও তাড়াতাড়ি...

অচেনা ছেলে :- কেন? কি হলো? এই ছেলেটা কে ?

শবনম :- (একটা ধাক্কা দিয়ে)

আরে যাও না এখন ,পরে বলবো তোমায়

ছেলেটা পেছন দিয়ে পালতে থাকে, রামিজ ছুটে মারতে যাবে ওকে

রামিজ :- দাঁড়া শুয়রের বাচ্চা , দাঁড়া বলছি, মেরে গাঁর ভেঙে দেবো তোর হাতে পেলে |

ছেলেটাকে তাড়া করা বন্ধ করে শবনম এর দিকে তেড়ে এসে জিজ্ঞেস করে রামিজ-

কে এই ছেলেটা?কতদিন ধরে এসব রেন্ডি বাজি চলছে তোর?

চোখে মুখে ভয়ানক রাগ , চোখে জল...

শবনম :- দেখো, আমি বলবো ভেবেছিলাম তোমাকে, আমি ভালোবাসি ওকে

রামিজ :- বলবো ভেবেছিলাম মানে? এখানে ভাবা ভাবি কথা থেকে আসে? ছিঃ, এটা কি করে করতে পারলি তুই!!!

শবনম :- (সাবনাম এর চোখ দুটো যেন জ্বলে ওঠে) কিকরে করতে পারলাম ? হ্যা !! তুমি লাস্ট ৬ মাসে ধরে সারাদিন ব্যবসা তে ব্যাস্ত.. কত মিনিট টাইম দিয়েছো আমাকে? দিনে কতবার করে ফোন কেটে দাও আমার তুমি? মেসেজ এর রিপ্লাই দাওনা ঠিকঠাক, এর পরেও কি করে আসা করো লয়ালিটি আমার থেকে.. যাও তুমি থাকো তোমার কাজ নিয়ে।

রামিজ ভেজা চোখে রেগে দাঁত কামড়াতে কামড়াতে শবনম কে হাত ধরে কাছে টেনে নেবে.. পকেট থেকে একটা রিং বার করবে...

রিং টা দেখেই শবনম এর গলার সুর হটাৎ বদলে যায় ..

শবনম :- ওওওওওও, এটা আমার জন্যে? ডায়মন্ড রিং... আমার জন্য!!! থ্যাংক ইউ সো মাচ বেবি। আই লাভ ইউ...

রামিজ কে জড়িয়ে ধরতে যায়ে শবনম,তখনি রামিজ শবনম এর একটা হাত চেপে ধরে শবনম কে থামায় , তারপর আলতো করে কপালে একটা চুমু খায় , তারপর রিং টা পকেট এ ঢুকিয়ে নেয় ।

একটু পিছিয়ে আসে সপাটে একটা চর মারে শবনম কে.. তারপর পেছনে ঘুরে সাবওয়ে থেকে বেরিয়ে যায়।

ইন্দ্র বাইক থামায় তৃষার বাড়ির নিচে, ভেতরে ঢুকে দেখে তৃষা একটা ট্রলি ব্যাগ নিয়ে বেরোচ্ছে।

তৃষা :- ইন্দ্র, আমি আসছি, I have to go, এটা বলার জন্যই তোকে ডেকেছিলাম |

I was waiting for you

ইন্দ্র : আসছি মানে? ও আচ্ছা আচ্ছা মাসির বাড়ি যাবি বলেছিলি দার্জিলিং এ। হ্যা ফাইন, যা ঘুরে আয়ে। এটা বলার জন্য আবার ডাকলি কেন বাবু? অফিস ফেলে এলাম। ফোন এই তো বলে দিতে পারতিস..

তৃষা :- I am not going to mashir bari.. You remember আমি তোকে বলেছিলাম, I am going to Canada for my masters. So, admission has been granted, আজ রাতেই ফ্লাইট আমার, এখন দিল্লি যাচ্ছি মায়ের ফ্ল্যাটে কিছুদিন থাকব | তারপর ভিসা হয়ে গেলে ওখান থেকে কানাডা | I am going to airport.

ইন্দ্র আচমকা যেন বদলে যায়, শক পাবার মত মুখের সব অভিব্যক্তি গুলো বদলে যায় ওর , তৃষার কানাডায় যাওয়ার ব্যাপারটা ও জানত, আর তার জন্য মনে মনে প্রস্তুতও ছিল, কিন্তু আজকের দিনটার জন্য প্রস্তুত ছিলনা একদম | আজ যে ওর তৃষা কে বড্ড দরকার , তৃষা পাশে না থাকলে সামলাবে কিকরে এই পরিস্থিতি ?

ইন্দ্র:- Airport, Canada এসব কি বলছিস? না এভাবে তুই যেতে পারিসনা| You said u will be always by my side throughout the entire startup journey. সবে আমাদের স্টার্টআপ গ্রো করতে শুরু করেছে। সবে ফান্ডিং পাচ্ছি আমরা। আর এখন you are saying all these bullshits.

তৃষা অলরেডি ব্যাগ নিয়ে বেরোতে শুরু করেছে বাড়ি থেকে, কেমন যেন ফ্যাকাশে মুখ , কোনো ইমোশন নেই তাতে । না না না, তুই এইভাবে যেতে পারিসনা। তুই আমাকে প্রমিস করেছিলি ....দেখ আমাদের স্টার্টআপটা সবে স্কেল আপ করছে

বলতে বলতে তৃষা র হাত টেনে ধরে ইন্দ্র পেছন থেকে

তৃষা :- হাত ছাড়, have u realized what you're saying? বারবার যে বলে যাচ্ছিস আমাদের স্টার্টআপ আমাদের স্টার্টআপ। তোর এই ওয়ার্ড এর মধ্যে আমি এক্সিস্টই করিনা ইন্দ্র, I am not even a stakeholder of this fucking company. U and me, are two separate persons, our choices, our dreams, our psychology all are different. Going to Canada for my masters was my college day's dream, আমি তোর স্টার্টআপ এর সাথে শুরু থেকে ছিলাম, কারণ আমি জানি আমাকে ছাড়া তুই ম্যানেজ করতে পারতিস না। U needed me there. কিন্তু, ইন্দ্র প্লিজ.. Enough of this parenting. I have a life. আমি সারাজীবন তোর স্বপ্ন গুলো কে তোর সাথে প্যারেনটিং করতে পারবোনা। তোর স্টার্টআপ এর জন্য আমি এত বড়ো অপরটিউনিটি...

কিছুক্ষন চুপ করে, একটা লম্বা শ্বাস ছাড়ে , তারপর ভিজে চোখে আবার বলতে শুরু করে তৃষা-

I can't afford to lose it indra...I have to go, my cab is waiting outside.

ইন্দ্রর হাত ছাড়িয়ে নিয়ে গেট দিয়ে বেরিয়ে যায় তৃষা...

ইন্দ্র এসে রাস্তায় তৃষা র সামনে আসে ওকে গার্ড করে দাঁড়ায়।

ইন্দ্র রাগী গলায় আঙ্গুল তুলে বলে-

Hey wait wait, u can't talk to me like that

তৃষা খুব ঠান্ডা গলায় ইন্দ্র র চোখে চোখ রেখে বলে-

বাবু, You can't talk to me like that just because I love you and we are in relationship . You have grown up. You have to understand, sudden good byes are very common in life.

.. And u have to accept it. Be strong my man and please বারবার ফোন করে বা ইমোশনাল টেক্সট করে কৈফিয়ত চাস না। সেটা আমাদের দুজনের লাইফ কেই এফেক্ট করবে। কয়েক বছরের ব্যাপার, আমি তাড়াতাড়ি চলে আসবো

কথা গুলো শেষ করে তৃষা ইন্দ্রকে শক্ত করে জড়িয়ে ধরে কিচ্ছুক্ষন । তারপর,ইন্দ্র কে ছেড়ে দিয়ে ট্যাক্সি তে গিয়ে ওঠে চোখ মুছতে মুছতে, ট্যাক্সি ছেড়ে দেয় ।

ইন্দ্র অঝোরে কাঁদতে থাকে রাস্তায় দাড়িয়ে ,একবার চিৎকার করে ওঠে পেছন থেকে, তৃষা যাস না, I need u.. প্লিস যাসনা

কথাগুলো হাওয়ায় মিলিয়ে যাই, ইন্দ্র কাঁদতেই থাকে..

আবার ধরুন সেই প্যারালাল এডিটিং , তিনটে সিন, তিনটে ইমোশান

একদিক এ ইন্দ্র রাস্তায় দাঁড়িয়ে কাঁদছে, রামিজ সাবওয়ে থেকে বেরিয়ে আসছে চোখ মুছতে মুছতে আর রমেন ট্রেনে চিন্তিত মুখে বসে আছে।

একটা স্যাড ভায়োলিন বাজছে পেছনে , আস্তে আস্তে ভায়োলিন এর আওয়াজ মিলিয়ে আসে, একটা লম্বা সিনেম্যাটিক পজ এবার...

পরের দৃশ্য

একটা মাঠ এ বিকেলে ক্রিকেট খেলা হচ্ছে, রামিজ ওখানে বসে আছে, ব্যাটিং টীম এ আছে ও , ওয়েট করছে ব্যাট এর জন্যে।

রমেন মাঠে এ আসবে, রামিজ এর পাশে গিয়ে বসবে...

রমেন :- বাড়ি থেকে ফিরলাম আজ , বাবা ভালো আছে এখন..

রামিজ :- আচ্ছা

রমেন :- কি ঠিক করলি? অফিসে যাবিনা?

রামিজ :- দেখি কি করি.. ঠিক করিনি।

রমেন :- যেতে তো তোকে হবেই ভাই... এই টি শার্ট এর বিজনেস আইডিয়াটাই তোর, তোর ভরসাতেই এগোলাম আমরা, তোকে তো থাকতেই হবে ভাই...

রামিজ হালকা হেসে-

আচ্ছা বেশ যাবো, কালকে, আর ইন্দ্র কে সরি বলে দিস আমার হয়ে, ওকে না বলে আমার টাকাটা নেওয়া উচিত হয়নি।

রমেন :হমমম...

রামিজ :- চুর্নিলাল, কি বলছে?

রমেন :- ও ইন্দ্র তারপর ফোন করে বলে দিয়েছে যা বলার। তবে একটু অসন্তুষ্ট, জানিনা আর ফান্ডিং করবে কিনা । ন্যাকা মাল শালা, বলে নাকি ক্রিয়েটিভ স্টার্টআপ-এ ইনভেস্ট করতে চাই.. হু.. যেই একটু টাকা এদিক ওদিক হয়েছে, অমনি আসল রূপ বেরিয়ে এসেছে

রামিজ :- হুম, ক্ষতি হয়ে গেল আমার জন্য তোদের অনেক।

রমেন :- ওসব ছাড়, নতুন ইনভেস্টর পেয়েছি একজনকে। কাল কে মিটিং ১১টায়। ১০ টার মধ্যে চলে আসবি.. আমি যাই ইন্দ্র র বাড়ি... ওউ নাকি সেইদিন এর পর থেকে আর অফিস আসেনি.. দেখি শরীর টরীর খারাপ

হলো কিনা.. ফোন করেছিলাম ২-৩ বার, ধরেনি।

রামিজ : যা কাল দেখা হবে

ইন্দ্রর ছাদে রমেন এসে দাঁড়িয়েছে। ইন্দ্র এক মনে সিগারেট টানছে উদাস ভাবে দূরের দিকে তাকিয়ে...

রমেন :- বাবার শরীর ঠিক আছে ভাই এখন, ডাক্তার বলেছে আর চিন্তার কিছু নেই। একটা মাইল্ড স্ট্রোক হয়েছিল

ইন্দ্র রমেন এর দিকে না তাকিয়ে বলে

বাহ্, গুড নিউস

রমেন :- হ্যা, আরো একটা গুড নিউস আছে, রামিজ টাকা টা ফেরত দিয়ে দিয়েছে আর তোকে সরি বলতে বলেছে আমাকে। প্রব্লেম সল্ভড ভাই...

ইন্দ্র কোনো উত্তর দিচ্ছেনা দেখে অবাক হয়ে রমেন বলে -

রমেন :- ওই শালা, কিছু বল। ভোদার মতো খালি সিগারেট টানছিস,এ কি রে, কোনো এক্সসাইটমেন্ট নেই তোর!!!!!

ইন্দ্র :- তৃষা চলে গেছে ভাই...

রমেন :- কোথায় গেছে, ও মামাবাড়ি? দার্জিলিং.. সে ভালো যাক ঘুরে আসুক.. তাতে বাঁড়া তোর এত দুঃখ..

ইন্দ্র :- তৃষা কানাডা চলে গেছে... মাস্টার্স করতে.. কত বছরের জন্য জানিনা, হয়ত ওখানেই সেটেল করে যাবে

খুব অবাক হয় রমেন

রমেন:- সে কি রে !! এসব কবে হলো? কিছু জানায়নি তোকে আগে... সামনে এত কাজ বাকি... এর মধ্যে দুম করে চলে গেল

ইন্দ্র :- এক্স্যাক্টলি.. তুইও আমার মতোই ভুল টা করলি

সিগারেটটা ফেলে হালকা হেসে বলবে ইন্দ্র -

ঐগুলো আমাদের কাজ ভাই.. ওর না। She was not even a stakeholder of our company.. ঠিক ই তো, ওর লাইফ ওর ড্রিমস ও কেন আমাদের জন্য স্যাক্রিফাইস করবে!!!অনেক কিছু শিখিয়ে গেল যাওয়ার সময়.. লাস্ট ৪ বছর ধরে লিটারেলি প্যারেনটিং করছিলো আমার। তখন ও এত কিছু শেখাতে পারেনি..একদিনে যা শিখিয়ে গেল | বুঝলাম যে একটা বয়েস পর বাবা মা ছাড়া পৃথিবীতে কেউ তোকে আন-কন্ডিশনালি ভালোবাসবেনা... তাদের লাইফ গোয়ালস তোর সাথে ম্যাচ করছে কিনা, তোর সাথে থাকলে তাদের লাইফ এ ওভারঅল ডেভেলপমেন্ট হচ্ছে কিনা, তুই তাদের সব এক্সপেকটেশন পূরণ করতে পারছিস কিনা, there are lot of calculations... বয়স যত বাড়ে, অংক গুলো ততো লম্বা হয় | Moreover, people have hell lot of options nowadays... Love is unconditional man but relationship is not. People will be with you and will pretend like সে তোকে মন প্রাণ দিয়ে ভালোবাসে। কিন্তু হতেই পারে and she was just afraid of being alone.That's it. And one fine day, যখন সে তোর থেকে ও বড়ো কোনো, ভালো কোনো বেঁচে থাকার রসদ খুঁজে পাবে, they will vanish, Boooffff... Emotional dependency is pathetic bro. ৩ দিন একটানা কাঁদার পর আমি বুঝেছি, সম্পর্ক গুলো অনেকটা ভেসে আসা মেঘের মতো, তারা আসবে এবার চলে যাবে। তোকে আকাশের মতন স্থির থাকতে হবে সবসময় না হলে বৃষ্টির মতো ঝরে পড়তে হবে অথচ মেঘ মেঘের মতো সরে যাবে ঠিক

একটু চুপ থেকে আবার বলতে থাকে ইন্দ্র -

মাঝে একবার ভেবেছিলাম, স্টার্টআপ ছেড়ে কোথাও একটা গ্রাফিক্স ডিসাইনার এর জব নিয়ে নেই, বা আমিও Canada চলে যাই। Life will be much simple, but then realised you should never give up on your dreams.. ইভেন যে তোমাকে স্বপ্ন টা দেখিয়েছিলো সে ও যদি মাঝপথে হাত ছেড়ে দেয়, তাহলেও না।

একটানা কথা গুলো বলে দম ছেড়ে ঘাড় নিচু করে নায়ে ইন্দ্র। রমেন ইন্দ্রর ঘাড়ে হাত রাখে | রমেনের দিকে তাকিয়ে ইন্দ্র বলে-

ইন্দ্র :- আচ্ছা ভাই, তুই কখনো প্রেম করিসনি?

রমেন:- করেছিলাম, অনেক আগে একবার... আমার গ্রাম এর একটা মেয়েকে, তারপর ক্লাস ১২ দিয়ে কলকাতা চলে এলাম.. তারপর যা হয়ে আর কি.. মেয়েটার প্রচন্ড ইমোশনাল এক্সপেকটেশন্স ছিল আমার কাছে। আমি রাখতে পারিনি, রাখা সম্ভব ছিলোনা আমার.. ব্যাস, বিকল্প তো সবাই খুঁজে নেয় একটা সময় এর পর.. এতদিন এ শুনেছি বিয়েও হয়ে গেছে ওর...

ইন্দ্র :- আর কলকাতার কোনো মেয়ে? কারোর সাথে কিছু করিসনি?

রমেন :- নাহ, ভয় পাই রিলেশনশিপে আমি.. গ্রাম ছেড়ে চলে এসেছিলাম বলে শিউলি র সাথে সম্পর্ক ভেঙে গেছিলো, এবার যদি চাকরি করতে কলকাতার বাইরে কোথাও যেতে হতো তখন তো আবার সম্পর্ক ভেঙে যেত। কলকাতায় যে কোনো রিলেসন হয় নি তা নয় .. কিন্তু টেকেনি বেশিদিন| হয়তো আমার জন্যই, আমার ল্যাক অফ এফোর্ট ছিল, রেসপনসিবিলিটি নিতে চাইনি কোনো। একটা সময় সে বুঝেছে আমার থেকে

কিছুই পাবেনা, চলে গেছে ছেড়ে বেটার কারোর কাছে। অবশেষে বুঝেছি, I am very bad in keeping relationship.

অনেকেই দেখি আজকাল লং ডিসটেন্স রিলেশানশিপ এ থাকে, আমার ওসব ভাবলেই অবাক লাগে। তাই আজকাল কোনো সম্পর্কে জড়ানোর আগে সম্পর্ক ভাঙার ভীষণ ভয় পাই আমি, people changes like seasons, মানুষ বড়ো তাড়াতাড়ি বদলে যায় রে... আর সত্যি কথা বলতে দেবস্মিতার ওই ঘটনাটার পর তো আরো বেশি করে ভয় পায়...

ইন্দ্র :- আজকাল সম্পর্ক গুলো বড্ডো ভঙ্গুর হয়ে যাচ্ছে রে.. নিউ ইয়ার এ দেখলাম লোকজন হোয়াটস্যাপ স্টেটাস দিচ্ছে "This year no relationship, no attachment, get a good job, make money and stay jappy"

হাসি পেলো দেখে.. সিরিয়াসলি, make money and stay happy!!!

(একটা লম্বা দীর্ঘনিশ্বাস ছেড়ে রমেন)

যদি ভালোবাসা নাই থাকে ,শুধু একা একা লাগে, কোথায় শান্তি পাবো ? কোথায় গিয়ে!!!

রমেন :- আমি আসি.. কাল অফিস এ দেখা হবে.. আর একটা গুড নিউস ছিল.. নতুন একজন ইনভেস্টর জোগাড় করেছি.. কাল সকাল ১১ টাই মিটিং.. দেখা হবে...

রমেন বেরিয়ে যায়, ইন্দ্র আবার সিগারেট টানতে শুরু করে।

শেষ দৃশ্য .....

ওরা তিনজন একদম প্রপারলি ড্রেসড-আপ হয়ে চোখে সানগ্লাস পরে হাতে ফাইল নিয়ে হাত নাড়িয়ে একটা ট্যাক্সি ডাকছে..সামনে দিয়ে বেশ কয়েকটা গাড়ি বেরিয়ে গেল

আজ নতুন ইনভেস্টর এর সাথে মিটিং আছে ওদের ....

www.ingramcontent.com/pod-product-compliance
Lightning Source LLC
La Vergne TN
LVHW101929220826
846093LV00009B/400

* 9 7 9 8 8 8 8 6 9 8 4 2 6 *